CONTOS ESTRAÑOS
Volume 11
A Rebelión de Prometeo

Dirección literaria, seleccion e coordinación:
Xosé Duncan

Revisión e maquetacion:
Tomás González Ahola

Pés de foto ferintes:
Fernando M. Cimadevila

Cuberta:
José Maria Picon

Deseño de cabeceira:
Denís Fernández Cabrera
e José Maria Picon

Edita:
Asociación Cultural Contos Estraños Editora
www.contosestranhos.com
revistacontosestranhos@gmail.com
contosestranhos@gmail.com

Orgullosamente impreso e encadernado na Galiza
por Sacauntos Cooperativa Gráfica (www.sacauntos.com)

Tripa impresa en papel offset creme "Coral Book Ivory 1.65 90 gramos"
fabricado por Torras Papel
Capa impresa en papel estucado semimate "Creator Silk 300 gramos"
fabricado por Torras Papel

Depósito ~~(i)~~legal: C 1959-2017
ISBN: 978-84-947748-4-3

Limiar

Capítulo once: A rebelión primeira

por

Xosé Duncan

Nalgún momento da nosa historia máis antiga vimos morrer alguén que amabamos e, por vez primeira, fomos conscientes de que, algún día, tamén nos tocaría a nós. Ese primeiro pensamento sobre a nosa caducidade foi o que desencadeou as preguntas de onde vimos, de por que estamos aquí e para que. Esa necesidade de respostas, de ter un sentido, foi a razón pola que creamos as divindades. Porén, a especie humana é moi complexa e, unha vez creados eses seres todopoderosos, precisamos de cualificalos de inxustos por marcar un fin á nosa vida, por nos condenar a unha viaxe tan breve e, a todas luces, tan inútil. De novo, as eternas preguntas de por que e para que, mais, desta volta, tinxidas cun lixeiro veo de furia e incomprensión.

Se o pensamos ben, non é máis que o instinto primario de supervivencia. Se esas divindades son as culpábeis de fixar unhas normas universais que nos afectan até o punto de marcar o comezo e o fin das nosas existencias, o noso cometido principal debe ser rachar esas normas para non render contas á Morte, acadar o coñecemento absoluto ou, mesmo, ocupar o lugar deses seres omnipotentes.

Se deixamos latexar o corazón dentro dos nosos peitos e o escoitamos con atención, poderemos albiscar o lume da rebelión facendo circular o sangue polo corpo. Porque, non é o mero feito de vivir o maior acto de rebeldía? Loitar por perdurar un día máis neste mundo onde nos fixeron nacer, negarnos a que as cousas teñan que ser así, rexeitar a súa invariabilidade.

O demais é doado de comprender. Sacrificios, experimentos, atrocidades, o peor dos sufrimentos para nós propios ou para a xente que nos rodea, todo é válido, todo paga a pena para rachar as leis que nos cinguen a este planeta e a esta vida que non sabemos quen creou nin con que obxecto.

Prometeo rebelouse contra o estabelecido, contra o que está ao noso redor mais non entendemos.

Non deixedes que quede nada por entender, non permitades que haxa nada sen explicación, non admitades o poder polo poder.

Rebeládevos.

Pasado, Presente e Futuro:

por

Os tres impresentábeis

Todo comezou nunha tarde maldita de agosto de 2011. Fernando M. Cimadevila e Tomás González Ahola achábanse nunha caseta da feira do libro da Coruña, daquelas que semellaban deseñadas para asar un carneiro en cuestión de media hora; e si, ulía a castrón. Estaban coa promoción de lanzamento de *O mundo secreto de Basilius Hoffman. O ladrón de soños*, e tentaban enganar os incautos visitantes que, por relixión ou insolación previa, decidiran non ir á praia.

Aínda non se sabe ben se foi pola calor ou polo innecesario churrasco que galdrumaran pouco antes, mais unha idea abrollou case simultaneamente nas poucas neuronas non ocupadas en xestionar aquela dixestión. "Unha revista de literatura fantástica. Un motor. Un comezo para moitas cousas. Un eixo do mal..."

Sen o dubidar un intre máis, improvisaron un cartaz no reverso do formulario de valoración da Feira do Libro, pegárono na fronte da caseta e agardaron. O texto rezaba: "Búscase xente para proxecto literario de fantasía".

O primeiro en picar foi un corvo feito persoa, de nome impronunciábel e fronte despexadísima aínda que axiña pasou a recibir o nome de Xosé Duncan no mundo dos humanos. Despois del foron caendo máis e máis nas redes da-

A taberna, ese máxico lugar onde nacen (e morren) os soños

quel proxecto impío: chamadas de madrugada, subornos en forma de churrasco e licor café, ameazas de morte por cúter enferruxado... Todo o mundo quería subir a aquel carro que aínda apenas nin arrincara.

O demais xa é historia máis ou menos coñecida. O 26 de novembro dese mesmo ano ve a luz o volume 0 da revista *Contos Estraños*, ao que seguiron moitos outros, ademais de novelas e moitas outras propostas, entre as que hai que salientar a primeira triloxía "rematada" de fantasía épica en lingua galega, da man dese señor-corvo que se mencionou hai un bocado.

O tempo foi pasando e foise producindo un sorprendente proceso inversamente proporcional relativo ao volume corporal de Fernando e o pelo de Tomás. As raves con cubatas e pulpo, os iates de luxo, o licor café colombiano, o churrasco de contrabando... Todo aquilo foi mirrando aquel castelo de fantasía, até que o 19 de xuño de 2015 Contos Estraños anunciaba que pasaba a se converter nun selo de Urco Editora, o seu fogar natural, por outra banda. O diñeiro xa non daba para tratamentos dietéticos nin para implantes capilares.

Durante dous anos Contos Estraños foi un selo máis dentro da maquinaria de Urco. Foi un período en que viron a luz varias obras, principalmente números da revista e libros infantís. Porén, en xuño de 2017, probabelmente por mor dun churrasco en mal estado (iso tamén explicaría o nacemento da editora), Fernando e Tomás, xa superados psicoloxicamente senllos problemas de alimentación e alopecia, deciden iniciar unha terceira etapa. Contos Estraños convértese entón na Asociación Editorial Contos Estraños para iniciar un novo camiño por si propia.

Á fin, logo de pasar por múltiples fases, ese monstro multiforme cuxo nome homenaxea a mítica *Weird Tales* de Lovecraft, Howard e Smith, pasa a integrar no seu seo algunhas das persoas que viron o seu nacemento, onde cabe mencionar aquel corvo feito persoa.

O motivo de se tornar nunha asociación sen ánimo de lucro? En realidade son dous.

O primeiro: contribuír sen a interferencia do Capital na construción dunha literatura fantástica en galego forte, poderosa e sen barreiras nin censuras

O segundo: Non existe maior lucro neste mundo que FACER O MAL.

Agardamos que as páxinas que tendes por diante sexan pracenteiras (ou máis ben o contrario). Agardamos tamén que fagades apostas para ver cal será a nosa nova ocorrencia e forma xurídico-legal, posto que non paramos quietos e estábeis durante períodos longos. Se cadra o noso futuro está no terrorismo internacional ou nos certames gastronómicos. O único que sabemos é que, sexa armados con libros, con AK-47 ou con chourizos de Lalín, aquí hai Contos Estraños para moito tempo.

Foto carné de Marcos realizada polo satélite de Google Maps

Hai diferentes formas de falar dun mesmo, mais o gran misterio é a biografía que escriben os demais sobre ti. Hai quen se aferra a unha primeira impresión ou pensa que a alma se deixa reflectir na cara que cada un teña, outros pensan que o ser humano é insondábel e cambiante segundo van pasando os anos. Ou as horas. Eu, por exemplo, polas mañás son insoportábel. Podería recibir unha ducia de disparos con adxectivos denigrantes até hora e media logo de espertar. Porén, sentado, escribindo ou imaxinando historias, son un tipo encantador aínda que só sexa polo feito de que o fago no máis absoluto silencio. E isto é así en aparencia. Xa que logo moitos son capaces de atopar nunha frase que escribiches, a esencia total do que es. E pode resultar unha experiencia agradábel ou non, inquietante ou apracíbel. Eu polo menos espero que resulte sempre unha experiencia entretida. Así pois aquí está desta vez a historia imaxinada «A filla das insectas», que agardo guste os lectores que se acheguen até ela.

A Filla das Insectas

por

Marcos López Concepción

A néboa esparexíase densa, sen deixar sequera despuntar a paisaxe por debaixo dela. Unha muller saíu correndo de entre aquela brétema na que a luminosidade do día acababa amortecendo nunha fluorescencia branca. Fuxía desorientada, portando con ela o terror de se saber presas de caza. Na carreira quedara en parte espida cando a prenderan polo vestido, que rachara a tiróns para se zafar.

O cabelo pegábaselle diante dos ollos nuns guedellos entre os que enxergou o perigo que a contornaba. Chapuzou nun rego de auga lidrenta e caeu magoando os xeonllos, que xa tiña lacerados en carne viva. A rastro, sen forzas para seguir fuxindo, escoitou achegarse o leve murmurio dun dos cabalos metálicos. Rabuñou na lama na que estaba tombada rompendo unha unlla por enteiro cara a arriba. O medo encargouse de adormecer aquela lesión e darlle azos ao instinto de protección, apenas un fío fino mais aguzado, que a fixo escarvar até atopar unha pedra que lle coubo na palma da man.

A sombra perseguidora atravesou a néboa, dándolle á condensación da auga a forma dun cabalo prateado. Aquel aparello propulsado mantíñase no ar case en silencio, montado por unha figura humana con carcasa illante encaixada na aliaxe do animal mecánico. Na superficie labrada do lombo da besta podía verse unha escena de montaría na que homes, cabalgaduras e cans daban caza a un cervo sen cornas. O cabaleiro, un mozo chamado Anaxágoras, escoitaba polo auricular como contaban as capturas: «Cinco, dez, quince, vinte...» Analizou co visor ocular aquela muller descarreirada. Os seus movementos indicaban un estado de angustia irrefreábel. Comprobou a idade. Quería verlle os ollos. Tiña curiosidade por estar preto. Arrastrábase boca abaixo, mantendo un espazo entre ela e as súas catro extremidades, agochando a cabeza porque o perigo que sentía lle impedía mirar en fite.

O cabalo de metal baixou até se situar nunha altura que permitía á persoa que ía enriba pór un pé en terra con facilidade. Anaxágoras baixou e afundiuse uns centímetros na lama. Estaba prohibido apearse durante o programa, só se podía cando finalizaba, mais el sabía como facelo para que non quedase rexistrado na metadata; un truco de estudante. Achegouse paseniño, deu orde de gravar. De dúas alancadas alcanzou a muller, que quedou paralizada sentindo o leve *pip pip* do traxe de illamento daquela figura que se puxera ao seu carón.

O punteo parou e a voz do pai de Anaxágoras pediu que todos se agrupasen. Escoitou as conversas excitadas de todos os demais, anticipando o que ía acontecer nuns minutos. Tiña que apurar.

—Trinta e dous. Trinta e tres. Trinta e catro... —seguía a voz de Gorgias, encargado da intendencia.

—Non o ides crer. Estou vendo un puto cadelo... Hai un puto cadelo no medio —dixo o brután de Mosco cortando polo auricular o reconto.

Anaxágoras agachouse para observar aquela muller viva. Nunca tivera unha tan preto de si. Intentouna gravar toda. A pel morena labrada pola intemperie. As curvas. As coxas longas. E un cabelo escuro cheo de follas e flores secas. Ela estaba encollida, de costas, impedindo unha boa toma e aproximou a man para a tocar. Quería que no vídeo aparecese a súa man enluvada tocando a pel da muller viva. Sería unha gravación fermosa, diferente ás que adoitaban facer os vellos nos programas, ao remate de todo, cando só quedaban os corpos estarricados polo chan.

Tocouna e a muller saltou. Decatouse antes de que acontecese o que ía pasar, o visor advertiullo, mais non soubo reaccionar a tempo. O golpe no casco deixou unha marca no vidro. Acababa de recibir unha pedrada. Ela ergueuse. Observou os seus movementos algo oscilantes e pouco seguros, tiña un enorme bandullo e os peitos moi grandes. Parecía que ía volver xunta del, que se abalanzaba, e o visor confirmoulle o ataque. Saltou unha alerta e a súa arma activouse en automático. Nada máis facelo, arrepentiuse. Modificou o rexistro do disparo, non o podía ocultar, mais si cambiar as coordenadas da posición. Na liña aberta escoitou os demais.

—Onde foi ?

—Comprobo.

—Un disparo de Anaxágoras. Que pasou?

—Confirma ok —as voces dos demais pisábanse unhas ás outras.

—Fillo. Hai que agruparse. Non escoitaches? —sentiu polo ton seco do pai que ía recibir unha boa rifa cando o collese a soas—. Confirma ok inmediatamente.

—Ok —contestou subindo de novo ao cabalo mecánico e dirixíndoo até a posición onde estaban os demais. Quería parar a ver as consecuencias do disparo, mais gardou as imaxes rápido e a desgusto. Agora debía disimular o seu erro. Sentía un tremor no queixo que non lle custou controlar mordendo forte. Sorprendeuse de ter aquel movemento involuntario. Decidiu que era mellor mentir antes que confesar que baixara do cabalo.

Achegouse xunto o seu pai, que estaba con Zenón e Malaquías. Os tres flutuando no aire, enriba das súas monturas.

—Que pasou, rapaciño? —preguntou Zenón, que era o que, sempre de bo humor, o trataba mesmo mellor que o seu pai Flavio.

—Unha desas insectas non entraba no cerco, dispareille.

—Marcaches as coordenadas de onde quedou o corpo? —preguntoulle Flavio, que como non vía ese dato no almacén compartido, estaba disposto a sumar outro lamentábel desacerto do seu fillo a aquel de disparar sen dar un aviso previo.

—Escapou.

—Non ho! Que? —a forma de se expresar de Zenón era a de querer iniciar unha rexouba—. Hahaha...

Os demais empezaron a rir tamén. Escoitáronse polo auricular unhas cantas frases de burla que Anaxágoras xa esperaba.

—Desde logo, Flavio, o teu fillo é un prodixio en todo menos en disparar.

—Pensará que matar é un algoritmo.

—Estaba tan impaciente por se estrear que non puido esperar por nós —dixo Favorino, sempre con comentarios aos que ninguén prestaba atención.

Flavio non quitaba ollo ao seu fillo. Baixou a cabeza até onde tiña os pés encaixados nos estribos. Anaxágoras, sen lle seguir a ollada, decatouse até onde ía dirixida. O pai acelerou o cabalo e Anaxágoras foi detrás. Reuníronse todos os sete. Entre o movemento das bestas mecánicas e na paisaxe que tiña diante do nariz, non de todo clara logo de peneirala da néboa co visor, conseguiu distinguir o recinto que acoutaran coas guías estroboscópicas. No inicio da lomba había unha árbore preto, un carballo solitario e unha estrutura metálica que podía ser a dun vello automóbil que quedara nos ósos. Dentro do perímetro removíanse as mulleres cazadas, apertadas unhas ás outras por falta de espazo. Non berraban porque xa esgotaran as forzas e comprobaran que era inútil, non servía para mellorar a súa situación. Había un silencio expectante, como unha impostura pactada, estrañamente comunitaria, que facía da escena do aprisionamento unha vivencia ficticia, unha realidade virtual. A maioría das mulleres presas estaban vestidas, mais había tamén algunha espida como a que lle dera o coiazo a Anaxágoras. Porén, ningunha tiña o ventre inchado. Comprobouno facendo zoom. A única figura anatomicamente irregular era o cadelo que se lles coara, que lle fixo sentir noxo.

—Cantas temos por fin? —preguntou Flavio.

—Corenta e dúas —respondeulle Gorgias.

—E máis iso de aí —Malaquías agrandou unha imaxe no visor e compartiuna.

—Aí está ese cadelo de merda —Mosco estaba impaciente. Quería empezar polo que todos chamaban *o puto cadelo,* o corpo deforme dun adolescente que estaba sentado na terra, sen un brazo e coa cara oculta por unha polpa azul, que só deixaba ver un ollo.

—Pai? —Anaxágoras achegouse a Flavio. Os cabalos chocaron producindo un son duro de placas de ferro. Había forma de evitar eses golpes, mais todos acordaran en que era agradábel escoitalos.

Desde que saíran da Torre Nous, Anaxágoras recibira moitas explicacións durante o que era a súa primeira participación nun dos programas de limpeza. Non era fácil organizalos e moito menos mover a burocracia necesaria para que desen a licenza ás empresas de seguridade. Había que ser propietario (por suposto) pero tamén accionista do primeiro círculo. E ter contactos para axilizar os trámites. Fóra das Torres precintadas, das cidades con puntos de entrada e fortificadas, o mundo era un mapa en branco que precisaba de moitas respostas para estar continuamente recolocando as experiencias dun rapaz de quince anos. Cando Anaxágoras non entendía algo e ninguén lle daba unha aclaración tiña que se achegar a Flavio e inquirilo cun interrogante.

—Iso que ves aí é o que pasa cando non se lle fai caso ás leis, que por algo se ditan. Un resultado desbotado que se tirou vivo ao lixo en vez de o destruír. O que non che sei explicar é como chegou a medrar tanto.

—Esa cousa vai ser a primeira que estoupe como unha sandía —Mosco colleu a súa arma longa. Deulle ao botón e quentou en nanosegundos—. Luz verde. Fóra os automáticos, señores. Nada de trampulladas.

—Estamos todos listos? —Malaquías foi o seguinte en coller a arma.

—Contadores a cero —dixo Gorgias.

O rapaz Anaxágoras tamén sacou a súa. Nin sequera dubidara de se a ía empregar ou non. Facía o que lle dicían e logo analizaba os datos, iso era o que lle gustaba: analizar. Porén, non lle sería fácil de analizar o que estaba por ver.

Mosco foi o primeiro en se adiantar no marcador. Un raio saíu da súa arma, deu no cadelo á primeira e logo de que se puxera roxo, estoupou en mil anacos moles. Unha chuvia de sangue pulverizado zarrapicou as mulleres que, sorprendidas polo suceso, pisáronse e loitaron as unhas coas outras, botándose contra as guías sen poder fuxir.

A matanza durou só o que tarda unha calculadora en dividir corenta e dous entre sete. Aínda que na súa particular competición non todos levaran a mesma parte. Mosco era máis impulsivo e violento, por algo traballaba nunha empresa de seguridade nos puntos de entrada, pero quen matara máis mulleres fora Malaquías, que tiña mellor puntería practicada logo de moitas horas de xogar en liña como profesional. Anaxágoras quedara co marcador a cero porque non puidera deixar de mirar mentres os demais actuaban. Como se puñan erguidos nos cabalos, como lanzaban gritos de triunfo e pracer segundo ían dando no branco. Ouleos alongados ou agudos e intermitentes como animais extintos, no que durou toda aquela masacre, comportándose como nunca os vira actuar. O razoábel do seu pai ou mesmo Zenón, que era sempre simpático e mantiña un trato amigábel, transformáranse noutras persoas, e agora que acabara todo, repasaban nos visores e a cámara lenta as explosións dos corpos, abrindo paso a outra competición sobre quen fora capaz de conseguir a morte máis visual e estética.

—Este meu é a bomba —dicía Favorino sen que ningún lle fixese caso.

—Pásovos este —Mosco quería apuntarse unha máis na súa conta—. Canto estoupa esa insecta, un óso dalgún sitio atravesa a que ten ao seu carón. Mirade.

A morte a cámara lenta chegoulles a todos compartida no visor ocular. Houbo unha discusión. Primeiro polemizaron sobre a parte do corpo á que pertencía o óso e logo de se aquilo supuña que Mosco debería sumar unha morte máis. No medio do debate, Gorgias recibiu un aviso e rebotouno aos demais. Todos calaron. En media hora ían perder un quince por cento de claridade.

—Aquí escurece de verdade —Gorgias co seu comentario puxo en evidencia que, acostumados como estaban á clareza artificial da Torre Nous, ían ter que se encamiñar axiña á domus que montaran a sete quilómetros de distancia de onde se atopaban. O día de xolda polo exterior chegaba á súa fin. A luz era seguridade.

—Ei, rápido, vinde acó antes de que se faga de noite —Malaquías estaba no recinto e collera a cabeza dunha vella de cabelo branco, que seguía enteira. Todos se lle achegaron porque querían saír nas imaxes, así que soltaron un abellón para que gravase o grupo enteiro polo aire.

Chegaron á domus selada por plástico líquido antes de perder a luz por completo. Nese espazo tiñan o control da claridade, da temperatura e do ar filtrado. Era unha gran burbulla con proxección negativa para pasar desapercibida. Nun anexo estaba o habitáculo para o lavado do equipamento e o tratamento de bacterias. No cuarto principal e protexido polas cámaras, os cables con raios e os ollos para detectar intrusos, que o facían inexpugnábel, mantiñan o *hardware* da expedición e a zona de ocio: as cápsulas para durmir, comida *vintage*, monitores tridimensionais e as bonecas de carne. Eran accionistas do primeiro círculo e o confort era absoluto. Non faltaba ningún capricho.

Desinfectáronse no anexo gabándose do día de caza. Flavio tomou tempo en se quitar o traxe e pediulle axuda ao seu fillo. Os demais espíronse deixando ver a pel leitosa, sen pelo ningún no corpo, na cabeza, ou na cara. Mesmo as cellas desapareceran e amosaban as protuberancias lisas enriba dos ollos. Un a un segundo o *hardware* certificaba co escaneado que non tiñan trazas de contaminación, pasaban á sala a comer e beber.

—Que pasou logo, fillo, para que non fixeses as cousas como é debido? —dixo Flavio cando quedou a soas con Anaxágoras, que coa cabeza baixa e un xeonllo no chan, logo de retirar a roupaxe interior ao seu pai, esperaba o permiso para ir cos demais. O rapaz tardou máis do acostumado en contestar, e Flavio supuxo que estaba a buscar unha resposta que lle agradase.

—Todo é unha novidade para min, padre. Tantas cousas que atender fixeron que perdese o fío do procedemento.

—Pero non acostumas a ser tan neglixente. Un disparo sen avisar o grupo... —Flavio achegouse ao seu fillo, movendo a cabeza en sinal de desaprobación—. Iso revisámolo antes de marchar de Nous, verdade? Non é un comportamento do que estea orgulloso. E logo resulta que dis que non deches no branco provocando a risa de todos. Se se burlan de ti, tamén se burlan de min, ou non? Xa o temos falado. Baixaches do cabalo?

—Non, pai.

—E como é que tiñas unha cotra de terra nos pés? —Anaxágoras ergueu a vista e unha breve chispa de incomodidade nos seus ollos, entre anoxo e súplica, fíxolle notar ao seu pai que estaba resignándose á idea de que lle entrasen na memoria a revisar o que fixera.

—Non sei, pai.

Flavio pestanexou. Dixo as palabras chave e accedeu aos datos do seu fillo, comprobou as gravacións. Había dous minutos bloqueados.

—Déixame entrar —ordenou Flavio.

—Non os teño, debeu de haber algún erro aí... —Anaxágoras respiraba forte e sabía que o seu pai carecía dos coñecementos para desbloquear eses dous minutos de memoria, pescudar nos movementos do cabalo ou as coordenadas reais do disparo.

—Como? —Flavio comprobou coa análise dos seus sinais corporais que o seu fillo mentía nun noventa por cento de probabilidade. Por outra parte estaba farto das pequenas mostras de rebeldía ou insubordinación coas que se topaba no transcorrer do tempo. O seu fillo pasara de ser un neno brillante, que compuña música con once anos, a se converter nun mozo de quince que o superaba en altura e sempre estaba ocultando algo. Deulle unha forte labazada que triscou e deixou un sinal vermello na fazula dereita.

—Estou farto de tantas parvadas. Non me responsabilicei de ti para estar sempre en loita co meu propio fillo. Déixame entrar —fixo unha pausa esforzándose en acalmar a voz—. Por favor.

Accedeu de novo á memoria do fillo e onde antes aparecía un baleiro de dous minutos observou a unha muller no chan, entre o barro. A luva de Anaxágoras entraba na toma como xogando. A muller á que chamaban insecta defendíase e amosaba unha pedra. «Stop». Parou a imaxe.

—Que carallo pasa aquí? —observou que a muller tiña o ventre avultado dunha embarazada—. É imposíbel. «Segue» —o vídeo remataba cun disparo que lle daba no medio e medio da testa. Revisou a gravación dúas veces máis.

Cando acabou, fretou na cabeza calva. Pensou en que sería oportuno facer. Finalmente copiou e pasou o acaecemento a *compartido temporais*. Mirou o seu fillo e advertiuno aproximando o puño contra o seu nariz.

—A partir de agora vaste manter á marxe de todo, entendiches? Vas falar e facer o que eu che diga, se non vou rebentar esa cara de mona que tes.

—Si, pai —Anaxágoras non se atreveu a erguer a cabeza até que Flavio lle dixo que movese o cu para ir onda os demais. O *hardware* certificou o permiso para pasar.

Dentro do cuarto principal o resto do equipo que formaba o programa de limpeza estaba desde había un cacho a desfrutar da fin do día. Nas imaxes tridimensionais que tiñan arredor, a gran fervenza do Dettifoss deitaba auga en silencio. Favorino gozaba cunha proxección de vellos partidos de fútbol: un xogador logo de meter un gol, celebrábao sacando a camisola para amosar os músculos do peito e os abdominais. Malaquías e Gorgias entraran nun xogo en liña onde mataban insectas. Todos comían dos alimentos *vintage:* algo de licor, pan feito a man e chourizos que co seu cheiro aromatizaban a estancia. Non era un costume habitual nas torres da cidade, mais como naqueles programas de limpeza se permitían todo o que non facían o resto do ano, quitaran os inhibidores da libido e en quendas ían pasando a un pequeno iglú onde practicaban sexo coas bonecas de carne, un invento en que un material da consistencia da carne humana tomaba forma ao seu gusto.

Chegoulles a todos o aviso da dispoñibilidade dun arquivo compartido por Flavio. Gorgias foi o primeiro en abrilo pestanexando. Deixouse superar no xogo por Malaquías, que estrañado pola pasividade do seu compañeiro, tamén deu permiso para o abrir e visualizou aquela muller no chan, que se revolvía, tiraba unha pedra e amosaba ben ás claras o seu estado de gravidez.

—Esto é unha brincadeira do fillo de Flavio. Semella real —dixo Zenón.

—Pois eu diría que os efectos do disparo son certos —Malaquías buscaba algún erro na edición dixital. Mosco saíu apurado do iglú sen ocultar o seu estado de excitación sexual.

—Pero esa insecta estaba preñada ou que? Estades a ver iso?

—Non pode ser —Gorgias tamén estaba a contemplar o vídeo.

—Gravouno así Anaxágoras, sen truco ningún —dixo Flavio, que acababa de entrar co seu fillo.

—Pero de onde saíu? —preguntou Zenón.

—Matouna durante a caza porque viu algo raro, mais non o quixo falar no grupo até consultalo comigo.

—Polo menos sumou un tanto no marcador —dixo Mosco.

—Pero temos que dar parte disto! Vaia leada —Gorgias xa se vía perdendo moito tempo en explicacións de volta na cidade—. Ademais coa metadata alterada.

—Iso pode corrixirse como se fai con outras moitas cousas —dixo Flavio.

—Non sen deixar algún rastro.

—Non se aprecia ben o que hai aí. Eu creo que estamos a confundirnos co que vemos —dixo de novo Gorgias—, mellor é deixalo todo como está. Non se sabe que ten.

—Se fósemos xenomes como Anaxágoras mesmo non saberiamos que iso é unha muller preñada —dixo Mosco—, ou se somos algo atrasados coma ti...

—Poderás ter un bo carallo, mais a intelixencia non está nese músculo que tes aí abaixo... —dixo Gorgias, que iniciou unha discusión con Mosco á que se uniron os demais.

A maioría non cría posíbel que as mulleres infectas, todas as expulsadas, puidesen ter fillos. Foran tratadas para que iso non acontecese e non había homes convivindo con elas desde que se descubrira que o contacto dos uns coas outras revertía o proceso de modificacións no ADN. O achado que detiña o envellecemento dos homes quedaba anulado por unha infección que portaban as mulleres e acababa cos varóns en horas, converténdoos nun amasillo de pel e músculos putrefactos.

Todos pasaban dos cen anos, pero Flavio, que era o máis vello cos seus cento cincuenta e pico, era o único do grupo que chegaba a lembrar aqueles sucesos. Comentou que non sería descartábel que existisen fallos no sistema de xestión do illamento, como xa sucedera nos primeiros anos.

—Mais... E os factores de contaminación? Só un suicida querería inhibir o libido para tocalas, contaminarse e morrer.

—Iso non é demostrábel ao cen por cen nin en todos os casos —dixo Mosco.

—Esas teorías negacionistas están penalizadas. Non vou entrar por aí —contestoulle Gorgias pestanexando—. Estou gravando e esa frase podo empregala contra ti.

—Que che dean, neno. Estamos nunha fodida conversa privada e non me podes gravar sen permiso. Amais que eu non nego nada. Só estou de acordo con Flavio dicindo que pode haber fallos. Ou non son fallos todos os descartes de xenomes que, en troques de se destruír, se liberan no exterior? A lei di que hai que destruílos. E cando a un de nós se lle antolla ter un puto Anaxágoras de merda prodúcense moitos descartes, moitos putos cadelos monstruosos para conseguir unha vida nova que non babexe como un can —Mosco mirou para Anaxágoras e decatouse de que o estaba a escoitar con atención—. Perdoa rapaz —desculpouse—. Non é algo persoal contra ti.

—Déixao en paz —dixo Flavio.

—Pero e se foi ese descarte, ese cadelo que matamos quen a deixou preñada, eh? —Mosco aventurou unha teoría sobre a marcha, que non semellaba ningunha toleada, e así lles debeu parecer aos demais xa que calaron ante a súa observación—. Nunca se sabe que vai saír desas mesturas que se fan hoxe en día para conseguir un fillo nos laboratorios.

—Deberiamos ir ver —dixo Favorino, a quen ninguén facía caso.

—Deberiamos ir ver —dixo Mosco.

—Eu non me movo de aquí —contestou Gorgias.

—Iso seguro, porque quen vai ir son eu —volveu dicir Mosco.

—Nada. Non está programado. Contravén o permiso que temos. Pensade no que nos farán os burócratas se lles notificamos que topamos cunha muller embarazada. Poñerannos en corentena —Gorgias, como encargado da intendencia, coñecía moi ben as condicións da licenza outorgada.

—Votemos logo. Somos unha democracia segundo as leis constituíntes. Pensade que farán os burócratas se saben que non demos parte dunha anomalía como esta —dixo Mosco, sorrindo de medio lado e erguendo unha man—. Eu a favor de saírmos para ver que ten esa muller no ventre.

Flavio e Favorino votaron a favor. Gorgias e Malaquías estaban en contra. Zenón tardou en tomar partido. Era moi amigo de Flavio mais, por outra banda, sabía de todos os problemas que podía xerar topar cunha muller embarazada, moitas explicacións, mellor era calalo todo e confiar na ineficacia da Administración. Decidiu apoiar o grupo dos que estaban en contra. Tocáballe desempatar a Anaxágoras. Mirou para o pai e este coa mirada férrea deulle a entender o que tiña que facer. Nin máis nin menos que o que xa fixera el. O rapaz mostrou algo de indecisión até que dixo en voz baixa que había que ir ver.

—Non vale. Non vale esta votación —dixo Gorgias—. Anaxágoras é un xenome, non conta.

—É o meu fillo, Gorgias, non o esquezas —dixo Flavio con carraxe.

—Decidido, pois —Mosco deulle unhas palmadas nas costas a Gorgias e dirixiuse cara ao anexo a pola equipaxe.

Non lle levou tempo chegar até o cadáver da muller unha vez cargadas as coordenadas. Tiña o armamento en verde, disposto a rebentar canto se cruzase no seu camiño. Podía haber lobos ou outros animais a se alimentar da desfeita que fixeran unhas horas antes. A escuridade que o acompañara no traxecto fora total. Ningún punto de referencia e a cabalgadura levouno até aquela muller duns corenta anos que, coa cabeza rachada en dous, caera de medio lado, un brazo por debaixo do corpo e o outro por riba da barriga avultada. Enfocouna coas luces e baixou do cabalo retransmitindo para os seus compañeiros todo o que acontecía.

Apartou co pé o brazo que lle tapaba a barriga e tocouna. Os sensores detectaron algo de calor aínda no ventre. E un movemento. Apartou a man rápido porque a pesar do traxe e o guante, el mesmo sentira uns golpes vivos debaixo da pel estirada da tripa da muller. Deu un paso atrás, antes de que os demais polos auriculares lle preguntasen que estaba a acontecer. Desconectou a transmisión. Non chegara até alí para dar volta ou asustarse. Porén, tampouco era capaz de predicir con que ánimo ía levar aquel asunto até o final. Unha cousa era matar, outra diferente sacar un ser vivo do útero da nai. Parecíalle unha tarefa difícil, que non podería facela se os demais notaban as súas dúbidas logo de ser el o principal partidario de coñecer a verdade do que acontecía con aquela insecta. Co láser de corte púxose de novo enriba do corpo morto da muller e pegou un risco superficial no abdome. Unha columna feble de fume elevouse no ar e o sangue escorregou. Profundou e abriu cos dedos, cortou máis separando unha graxa amarela cando notou uns fortes tiróns de algo vivo do outro lado. Apartouse outra vez. Se era o fillo dun cadelo mutante, dos experimentos desafiuzados na zona exterior, podía atopar calquera cousa: un cativo sen brazos, sen pernas, con dúas cabezas, un tumor do tamaño dunha pelota de rugby...

Abriu máis a ferida co láser e a quentura da muller, as volutas do vapor quente das súas entrañas, pasou por diante dos focos que se proxectaban desde o cabalo mecánico. Respirou forte e fixo un último corte para ver unha bolsa grande chea de auga, que estoupou enchéndoo dun líquido turbio. Cando abriu os ollos de novo, fechados nun acto reflexo para evitar a zarrapicada, atopouse coa cabeza morada dun cativo, os ollos abertos, hipnóticos e moi negros, a buscar o receptor do seu apego instintivo, e que teimaba por saír do seu nicho quente. Termou del con forza e cun ruído pegañento desprendeuse do interior da nai, quedando a corda umbilical como o único vínculo visíbel. Comprobou o sexo do nacido.

—Deus, Deus... É unha femia —dixo perplexo, e pensou que aquela criatura habería precisar quentura. Alí fóra e de noite estarían preto dos cero grados. Tirou máis pero o cordón era teimudo. Sacou un coitelo clásico disposto a cortalo. O pensamento que xa tivera nada máis sacar a criatura da barriga da nai morta, interpúxose pertinaz diante de todos os outros, como unha prioridade que non podía eludir. Aquela nena precisaba calor. E non levara con el ningún tipo de prenda ou mochila que servise temporalmente de medio de transporte até a domus. Co mesmo coitelo que empregara para a desprender da súa xestante, resgou o traxe de protección. Saltaron ducias de alarmas na carcasa illante mais, por algún motivo, todos aqueles controis xa lle parecían innecesarios. Rachou a roupa interior, tirou dela para esquerda e dereita e co gume do fío do coitelo, fíxose el mesmo unha rabuñadura no embigo.

Na sala principal, atentos a que Mosco se conectase de novo, todos comezaban a considerar un erro que fora el o que saíra naquela exploración. Coñecíano e sabían que moitas veces era imprevisíbel.

—Douche a razón en que había que ir. Pode ser. Pero non Mosco. Mosco non —dicíalle Malaquías a Flavio.

—Se todo era complicado aínda modificando a metadata, agora cun de nós ferido ou desaparecido, vanse cebar. Disto xa ninguén nos libra —dixo Gorgias.

—Somos do primeiro círculo. Ou non? —dixo Flavio.

—Hai cousas que van máis alá de ter cartos, porque hai xente cobizosa que quere o teu e o meu, e eu non quero darlles un motivo. Entendes? Moito burócrata do segundo círculo esperando a súa oportunidade. Maldito o día que me convencestes para esta trapallada de merda —seguiu Gorgias, que estaba minando o ánimo dos demais.

Os ollos da domus deron un aviso. Escoitaron un sinal na transmisión e localizaron a Mosco.

—Estase a achegar o cabalo de Mosco —Zenón botou unha gargallada—. Xa sabía eu que ese fillo de puta non nos ía dar un desgusto. Estará a tomarnos o pelo.

—Ei, rapaz. Por que desconectaches? Ola! —Flavio tentaba que lle contestase.

—Me cago na túa nai, Mosco, ou contestas ou dou orde de

disparar ao *hardware*! —Gorgias berrou coa cara vermella, intentando desfacer dunha vez por todas o sarillo en que estaban.

—Ok —escoitaron dicir a Mosco do outro lado. Todos respiraron aliviados.

—Todo ben, meu? —preguntou Malaquías.

—Ok.

—Xa está no anexo —dixo Zenón—. Xa está. Xa está.

Nos visores do hardware observárono de costas, denudándose en silencio no anexo e entrando na área de descontaminación.

—Pero que atopaches? Que pasou? —preguntou Malaquías.

—Tanto conto para nada —Gorgias apurouse a recibilo empuxando os demais. Non viron a Mosco de primeiras porque Gorgias tapaba a entrada na sala principal. Escoitaron o inicio dunha frase. Dixo Gorgias «Era necesario que desconectaras, fillo da gran...» antes de estoupar en anacos. O sangue vaporizado en suspensión deixou ver cando se apousentou, un Mosco coa face tan esbrancuxada como a dun expirante e a súa arma ben aferrada nun ombreiro.

Os demais levantaron as mans e a vista se lles chantou no ventre do seu amigo, botando sangue, onde palpitaba a carne que se abría e fechaba coa respiración e o camiñar, deixando ver unha nena acubillada de profundos ollos negros, agochada entre as tripas, algunha delas pendurando até os xeonllos.

Zenón trousou e Malaquías, que era o que estaba máis preto de Mosco, intentou arrebatarlle a arma sen poder evitar un disparo que lle deu nunha man facéndoa desaparecer xunto a medio brazo. Outro disparo máis errou a traxectoria e deu no hardware. As fervenzas islandesas deixaron de verter auga e as paredes da domus amosáronse frías e sen graza. Todo o campamento fíxose visíbel e vulnerábel no exterior sen a proxección negativa. Xa nada estaba a rexistrase. Ningún dato.

Flavio colleu o seu fillo e buscou desesperado unha saída que non había. O único camiño era pasar por diante de Mosco, que intentou un novo disparo. Foi dar esta vez nunha perna de Malaquías que, arrincada co óso da pelve, saíu polos aires e petou na cara de Zenón rompéndolla de arriba a abaixo. Coa cara esnaquizada e cego, arrastrouse buscando un refuxio que non daba atopado.

—Axudádeme, axudádeme... —berraba cada vez con menos intensidade, sen que ninguén puidese acudirlle, deixando polo chan un rastro de miolos que lle saían do cranio nunha xelatina grumosa.

Mosco deu outros dous pasos adiante, buscaba máis obxectivos. Xirou a dereita e a esquerda seguindo os movementos dos ollos da cativa incrustada no seu ventre. Apuntou a Flavio que, véndose perdido e sen escapatoria, empregou o seu fillo Anaxágoras de parapeto.

A nacida concentrou a mirada en Favorino que, se até aquel momento non se atrevera a mover un músculo, achegouse até onde estaba a comida *vintage*, colleu un garfo e atacou a Flavio, cravándollo no pescozo. Flavio deu un empurrón ao seu agresor que, aínda co garfo na man, empezou a cravalo en si mesmo no fondo da gorxa até dar coa carótida.

En canto Flavio quedou descuberto, Mosco avanzou pisando os seus propios intestinos. Un cheiro forte a lixo en descomposición inundou a sala. Apuntou a arma. Flavio, lonxe da protección que lle dera o seu fillo, suxeitaba cunha man a hemorraxia da ferida aberta e a outra interpúxoa para pedir clemencia coa palma aberta. A nena bebé pareceu entender a petición e cun xesto de felicidade na cara, sacou unha man por fóra da protección do corpo do home que empregaba como un monicreque, imitando o xesto de Flavio, coa palma aberta.

—Teño un fillo, por favor —dixo Flavio—. Teño toda unha vida por diante. Non me mates.

A man diminuta da nena, aberta, foise pechando e, cando se converteu nun puño, a arma disparou por cuarta vez facendo desaparecer a Flavio nunha explosión de carne e sangue.

Mosco botouse por fin de xeonllos coa cabeza vencida. A nena estendeu os seus dous braciños cara a Anaxágoras, o único que sobrevivira no caos da matanza. Logo do barullo dos disparos e os gritos, escoitábase unicamente a retransmisión do partido de fútbol, onde un locutor prolongaba até o infinito a celebración dun gol importante.

Anaxágoras sacou a nena do corpo de Mosco, que se abriu en canal, e uns restos de sangue e vísceras caeron ao chan antes de que o home se esbarrigase definitivamente.

Sentou con ela no colo, dándolle a quentura do seu corpo. A nena durmiu pegada a el. Esperou até o amencer. Anaxágoras nunca vira un. Cando a clareza do romper do día chegou ao interior da domus, saíu para se marabillar da cor laranxa do ceo. Viuse rodeado de ducias de mulleres que non se atrevían a se achegar. A nena espertou e chamou por elas. Iso fíxoas ser máis decididas e aproximáronse ao seu choromicar agarimoso. Anaxágoras ofrecéullela apartándoa de si. Unha delas, correndo por detrás, quitoulla das mans con rapidez.

En pouco tempo desapareceron en todas as direccións e el quedou atrás, cheo de sangue dos pés á cabeza, sen saber que camiño tomar. Abriu a memoria. Entrou nos recordos. Analizou os datos desde o seu nacemento para achar unha solución. A vida pasoulle por diante dos ollos en nanosegundos. Unha e outra vez. Mentres se descompuña.

Roberto pensando se enviar unha foto nova ou non

Roberto A. Rodrigues dáche unhas hostias que te arromba! Comeza así; pim! plas! zas! pimba! Agatúñate polas canelas, zóscache nos morros, rebíxeche o fociño... Non, non, non. Non é certo! Roberto A. Rodrigues é un tipo entrañábel. É un home boísimo, cariñosísimo, megameiguísimo. Sempre disposto a axudar, ao diálogo sosegado, á solidariedade sen límites. Aínda que cando alguén lle mexe nas moscas... Plis! plas! sumba! zas!... Non! Non! Non! Si! Si! Si! Non! Non! Si! Si! Non! Si! Si! Non! Vale, o que ti digas, sabichón...

A verdade é que Roberto A. Rodrigues é un toleirán, menos mal que leva atada unha corda do ferrato á parede da corte. Alí pode aparruñar a discreción. De cando en vez, entre escorne e escorne, escribe trapalladas. Podes ler esa prosma toda en www.robertoarodrigues.com

Chincha Rabiña

por

Roberto A. Rodrigues

Clop clop clop clop!

A aldraba bate contra a porta, contundente como o bourar do ferreiro na bigornia. Na rúa chove, chove e chove... Lévao facendo dende que Novembro deu coa Comarca do Ribeiro aconchegada a un cóbado do río Miño. Escravitude Soutullo gorécese como mal pode embaixo da capa. Acto inútil, abofé, porque a poalla neste país é tan rabuda que até os mesmísimos lumes do inferno nada poderían contra a súa teimosía.

Clop clop clop clop!

Volve chamar, desta volta con evidente urxencia. Namentres agarda, mira a un lado e a outro da rúa. O barrio xudeu permanece deserto. O son da chuvia doméao todo, tan só o remoto son dos chocallos dun faetón ousa desafiar o escorrer da auga na noite.

Ergue a cabeza e procura na fachada, entre un mesto cúmulo de couselos, o número da vivenda.

—Número 8. É aquí —bisba. As pingueiras xeadas que caen do tellado bátenlle na faciana—. É... —repite—. Ten que ser.

Toma novamente a aldraba entre as mans entumecidas. Agardar á intemperie prodúcelle un profundo anoxo.

—Que falta de consideración —rosma entre dentes.

Ergue o trebello disposta a esnafrar ferro contra ferro mais, subitamente, detense. Do outro lado da porta de madeira soa feble o troupelear lento duns pasos que se achegan e, a seguir, o rozar inconfundíbel dunha caravilla. A porta ábrese con lentitude desesperante, guindando á noite a luminosidade dun fogo mesquiño acompañada dun renxer de táboas podres.

No van da porta, recortada pola luz dun quinqué, asoma a faciana angulosa dun ancián. Escravitude experimenta un sobresalto, a luz amarela da lapiña lambe as incontábeis engurras dese rostro tornándoo nunha máscara cerúlea.

—Boa noite. Que desexa?

—Boa noite, bo home. Veño polo do anuncio no xornal.

O ancián escrútaa longamente, o tempo semella petrificarse. Escravitude fíxase nos seus ollos, máis ben no seu ollo. A conca esquerda, alí onde debería haber un globo ocular, permanece cuberta cun retallo de pel. Porén, o ollo dereito crávase nela frío como un alustro de xeo.

—Pero... pase —di á fin o torto—. Non fique aí á chuvia.

O ancián acena sinalando á súa esquerda. Escravitude dubida por un intre, a faciana do vello prodúcelle un forte terrexío, porén, entra na casa. As ganas por se cubrir da chuvia son máis poderosas que o sentimento de noxo que lle revolve as tripas.

Escravitude accede a un recibidor. Observa furtivamente en derredor, namentres a porta se fecha atrás de si como a campa dun sartego. Á esquerda, sobre un aparador de espello, un floreiro de orquídeas agostadas dá testemuño da decadencia do interior. Á dereita hai un paraugueiro, un andel e unha alcándara cargada con tres abrigos de pel. Do teito pendura unha lámpada de brazos na que media ducia de candeas derraman cera derretida sobre a alfombra de motivos florais que tapiza o parqué. En vista da calidade do mobiliario, Escravitude sabe que acaba de entrar en casa farta.

—Benvida ao meu humilde lar. Síntase como na súa casa. Eu son o doutor Marcel Queiroz de Verdellada.

Escravitude vírase atordada. Ve o doutor Queiroz ofrecéndolle a man dereita en sinal de saúdo. Tarda uns intres en reaccionar. Logo, como se un resorte se accionase no seu brazo, aperta a man do ancián á vez que contesta atropeladamente.

—Escravitude... Escravitude Soutullo.

—Escravitude. Fermoso nome. Unha vez coñecín unha Escravitude, era todo corazón —galantemente, o doutor Queiroz axúdaa a espirse da capa enchoupada e déixaa pendurada da alcándara—. Pero sígame Escravitude, por aquí —antes de volver o rostro cara ao interior da morada un efémero destelo atravesa o pálido iris—. Sinto non poder estenderme máis nas presentacións pero é que levo unha présa de mil diaños. Explicareille rapidamente cales son as súas funcións para esta xornada e logo marcharei. Asuntos profesionais obríganme a pasar a noite fóra. Ao amencer regresarei para lle pagar. De acordo?

O doutor Queiroz pregunta sen se volver. Escravitude acena coa testa ao tempo que emite un pusilánime «si». O certo é que case non escoita as palabras do doutor, toda a súa atención está posta na porta que o ancián está a piques de abrir. É unha porta vella, lacada en branco, adobiada na parte alta cun translúcido cristal esmerilado polo que atravesa a luz amarelenta dunha infinidade de candeas.

Ao se separar a folla do marco, Escravitude sente bater na faciana unha onda de calor morno e, a seguir, un intenso olor a humidade mesturada con cera queimada. O doutor atravesa o marco, detrás del vai Escravitude co corazón anicado contra as costelas.

Escravitude atravesa o limiar e entón, nun acto reflexo, a queixada descólgaselle até as lindes, empurrada polo abraio. Acaba de acceder a un enorme salón de teitos elevados. Por toda a súa lonxitude, como nun retablo onírico, ducias e ducias de bonecas de todas as clases ocupan cada palmo da estancia. Hainas sentadas nos sofás como alumnas ben educadas, hainas sobre a mesa e as cadeiras, nas esquinas das alfombras, ao carón da cheminea onde un lume lapea, sinuoso, contra as paredes e o mobiliario, acaroadas ás lámpadas de pé. Hainas louras e morenas, brancas e negras, de trazos orientais. Hainas fracas, gordas, repoludas, esveltas, mazarocas, elegantes, eslamiadas... Escravitude fíxase nalgún dos rostros anacarados. De súpeto séntese vixiada, violentada. Todos eses ollos de vidro, iris fríos como os do seu dono, escrutándoa fixa, fonda, longamente. Todas esas nenas de porcelana, que semellan xulgala atrás das súas facianas avultadas, barnadas en mate, tersas e cerúleas como os rostros dos cadáveres.

—Velaquí o meu tesouro —sente dicir á súa esquerda. Na voz do doutor Queiroz escoa unha fonda fachenda—. Xa hai tempo que perdín a conta de cantas bonecas teño. Ao primeiro aínda levaba un rexistro, mais agora o vicio do coleccionista tenme domeado e, cando vexo algunha boneca á venda, xa non sei dicir que non e teño que adquirila e buscarlle oco na casa —Queiroz fai unha pequena pausa para tomar aire—. Tanta é a miña obsesión que xa comezo a ter problemas de espazo porque, desde este salón até o último andar, todo está ateigado destas miñas fermosuras. No entanto, pouco é o tempo que me queda e os vicios dos vellos sempre son escusábeis. Non cre, Escravitude?

Queiroz vólvese e enfoca a muller co seu único ollo namentres os beizos se creban nun medio sorriso. Escravitude limítase a acenar, nada pode dicir porque a forte impresión que lle produciu ver o salón cheo de bonecas ten secuestrada aínda a súa voz.

—Ten que quitarlle o po e peitealas. Coser botóns, remendar rachos nos vestidos, dar brillo as facianas e aos zapatos... E todas aquelas tarefas que vostede mesma estime necesarias. Mañá teño unha visita a primeira hora. Todo ten que estar perfecto —Queiroz fai unha breve pausa ao ver a reacción da muller a expresión do seu rostro muda nun xesto amábel—. Non poña esa cara, Escravitude. O traballo non consiste e peitear todas e cada unha delas, senón aquelas que estean máis desleixadas —Queiroz sorrí agora—. Ben, vostede saberá mellor ca min como proceder. Confío cegamente no seu criterio. Acompáñeme, por favor.

O doutor Queiroz diríxese a unha pequena porta que, case disimulada, se abre a carón dun gran reloxo de pé. Cando a abre, Escravitude comproba que se trata dun rocho.

—Aquí atopará toda clase de utensilios. Panos, tesoiras, peites, laca, agulla e fíos, luvas, botóns... En fin, todo aquilo que precisa para realizar o traballo —Queiroz vírase e sinala cara ao fondo da estancia—. Ve aquelas dúas portas? A da esquerda leva á cociña. Se ten sede ou lle entra fame rebusque nas lacenas. Non teña vergoña. Non hai moita cousa, mais nelas atopará alimentos dabondo para saciar o apetito —Queiroz inspira profundamente, por momentos parece que vai quedar sen aire—. A porta da dereita é a do aseo. Ten algunha pregunta?

Escravitude mira en derredor. Que se ten unha pregunta? Ten centos! No entanto, nada di. Está aínda atordada, como un peixe fóra da auga, e limítase a negar timidamente cun movemento de pescozo.

—Ben. Así me gusta —contesta Queiroz cun sorriso—. Agora teño que marchar. O meu socio agarda por min na Torre do Reloxo —di entrementres, con evidente apuro, se dirixe ao vestíbulo de entrada—. Esfórcese, Escravitude, faga un bo traballo esta noite —prega Queiroz á vez que viste o abrigo—, trate con agarimo as miñas nenas e mañá será debidamente recompensada. Queiroz pousa o chapeu fungo sobre a cabeza e toma o bastón. Logo, a modo de despedida, leva a man á ala do sombreiro—. Até mañá.

Sen máis Queiroz sae á noite. Escravitude ve fecharse a madeira atrás do doutor, namentres un calafrío xeado lle zosca na espiña.

***

A noite pasa amodo, tan devagar que a sensación de horror que aniñou no espírito de Escravitude emerxe nun arrepío indomeábel. Eses centos de ollos fríos como os dos pescados nas peixarías. Ollos mortos, inexpresivos, sen brillo, fitándoa longamente, escrutando os seus movementos no enorme salón. Cústalle reprimir as ansias de saír correndo porta para fóra, fuxir desa morada do demo sen se virar a mirar atrás. No entanto, non pode, fanlle falta os cartos. A pobreza cebouse con ela desde que, xa hai seis anos, seu home liscou A Gudiña embaixo deixándolle un lastre de tres fillos. Ten que aguantar, choiar arreo toda a noite coa esperanza de que o torto lle pague un bo salario e, por que non?, a contrate para días vindeiros.

Teima en traballar ás présas. Perdeu xa a conta das bonecas que leva axeitado. Zurce, remenda, carda, limpa, pasa a ferro as roupas cativas sen se deter a descansar sequera. Quere acabar canto antes co salón para que lle dea tempo de repasar as estancias da parte alta. Todo ten que estar listo para cando regrese o tal doutor Queiroz do carallo.

De súpeto sente dor no cachapiollos da man esquerda.

—Merda!

Aínda non levou a vista ao dedo ferido e xa sabe o que aconteceu. Acaba de espetar a agulla na metade mesma da xema. Xuraría que aquela boneca se moveu xusto un intre antes de lle cravar a agulla na caluga. Si, moveuse, está segura. Pero non pode ser, como podería?

—Puta que a pariu! —exclama—. Me cago en...

Detense a tempo. Repentina, supersticiosamente, evita o xuramento. Escravitude é profundamente devota dos santiños.

Ademais, só pensar que a boneca puido mexérselle entre as mans por vontade propia antóllaselle a maior das parvadas.

Leva o dedo mancado á boca, o sabor doce do sangue inúndalle o sentido do gusto. Respira fondo. Unha, dúas, dez veces... e logo, como quen vai de procesión na romaxe dos cadaleitos de Ribarteme, guinda con violencia o exemplar que estaba cosendo sobre a mesa namentres maldice a súa mala sorte e se dispón a ir á cociña a limpar a ferida.

Ao se erguer da cadeira cae na conta de que acaba de deixar un borrancho de sangue na moufa da boneca.

—Aínda máis esa! Boneca de merda!

Desespérase. A face da boneca está feita dun material estaño, dun xeito de mestura entre tea e coiro que, sen dúbidas, zugará o sangue tornando o borrancho indelébel. Agora terá que desbaldir un bo anaco de tempo fregando ese rostro do carallo, e tempo é precisamente o que lle falta!

Ten sede, unha sede atroz. Semella que a lingua se lle tornase nun anaco de esparto. Abre a cociña dunha labazada e diríxese directamente ao cantareiro. Bebe con avidez, faino directamente do cazo. Logo regresa o dedo mancado ao berce da boca. Sente o sangue manar de novo e a pel comezar a se engurrar. Namentres chucha na falanxe procurando caltrir a picada asoma á fiestra. Fóra xa non chove, a lúa atopou un racho entre as nubes por onde asomar a faciana. A cociña dá a unha rúa estreita. As paredes humedecidas da construción oposta reflicten a luz do astro.

—Escravituuuudeee! —sente chamar.

Vírase estrañada. Como é posíbel? Ninguén sabe que está alí, ninguén agás o torto. E sería o vento? Mais o vento non debe ser porque na noite só hai chuvia e efémeros estiñares de prata.

—Escravituuuudeee! Raíña! —é unha voz aguda e feminina. A voz dunha nena pequena.

Arrepiada, aconchégase á porta que leva ao salón. Non, non pode ser! Está soa nesa casa do demo. O seu maxín está a lle facer mofa. Ten que ser iso.

O medo é traizoeiro, dise, amparándose nunha enxebre filosofía. De socato venlle ao pensamento a historia dunha veciña que se guindou a un pozo para escapar da Santa Compaña. Malia partir a espiña e ficar prostrada nunha cama de por vida, a veciña sobreviviu. Aínda así a súa mente non volveu camiñar polas vereas da cordura.

Xamais houbo procesión de mortos, foi o medo sen goberno quen a empurrou ao baleiro. Agora pregúntase se non lle estará pasando o mesmo a ela.

—Escravituuuudeee! Vés xogar comigo?

Agora si, agora escoitouna perfectamente. Na súa mente aniña poderosa a idea de que toleou. Si, é iso. Acaba de perder o norte. Nesta casa vive o demo, dise, teño que saír de aquí. A súa primeira intención é guindarse fiestra a fóra, mais logo lembra as facianas tristeiras dos seus fillos. Non pode fuxir, ten que aguantar. Ten que cobrar o traballo para pagar a casa, a comida, as menciñas... Todo está na súa mente. Si, iso é. Esas voces... Reverberan no interior da súa mente como soños... Máis ben como pesadelos. Ten que domear o medo antes de que o medo a domee a ela.

Inspira profundamente buscando forzas no seu espírito para atravesar o limiar da porta da cociña. Ten que acabar o traballo e deixarse de andrómenas. Inspira novamente decidida a volver á faena, mais un arrepío lacerante tenlle os pés pegados ao chan. De súpeto, unha idea crúzalle o pensamento como unha pomba dourada. Abre as gabetas da cociña e rebusca no interior. Á fin, entre unha pesada de garfos, dá cun coitelo de matachín de grandes dimensións. Brándeo entre as mans a modo de espada, coa punta sinalando ao ceo.

O tacto do coitelo imbúea nunha sensación de poderío. Respira con forza, case violentamente, empurrando osíxeno pulmóns dentro antes de comezar a camiñar.

Avanza lentamente, un paso atrás do outro, como un sentenciado que se dirixe ao cadaleito. O coitelo trémelle nas mans. Abre a porta entornada e escruta o salón. Todo semella tranquilo. As voces calaron, existirían algunha vez alén do seu maxín?

—Estás tola, Escravitude! —recrimínase entre bisbares—. Segue así e logo hante internar en calquera psiquiátrico de mala morte.

Desconfiada, mira dun lado a outro da sala. Non as ten todas consigo, mais a idea de que debe rematar o traballo comeza a domear o seu espírito.

—Déixate de parvadas!

Entón, Escravitude séntese ridícula. É como se se vise a si mesma desde o exterior do seu corpo. Está alí, chantada no limiar da cociña, brandindo un coitelo para se defender dunhas voces imaxinarias.

—Parva —repítese—, parva ignorante! —xusto antes de cruzar a porta e dirixirse a onde deixara a faena a medio facer.

Decepcionada consigo mesma senta á mesa disposta a cortar polo pé toda esa trapallada. Como se puido deixar levar por un temor tan absurdo? «Pareces unha nena pequena», repróchase, «unha nena que cre no sacauntos». Entón, ao descender a mirada, unha certeza bátelle na cara, violenta como un lapote. A moneca non está!

—Pero eu xuraría...

Escravitude mira a un lado e a outro da mesa na procura da boneca coa faciana manchada de sangue.

—Deixeina aquí...

Inclínase sobre o torso e axexa embaixo do mantel que cobre a mesa. No chan tan só atopa fíos e retallos de farrapos. Escravitude sente a mirada abarcular. Está segura de que deixara a boneca sobre a mesa antes de ir beber á cociña. Mira en derredor, por se por un casual a deixara acaroada a algunhas desas ducias de semellantes que a escrutan cos seus ollares misteriosos. Entón, un pensamento atravesa a súa mente, negro como un presaxio. Só hai unha explicación posíbel. Non está soa na casa!

Érguese enervada. Ten que marchar de alí. Que lle dean polo saco aos cartos! Camiña cara ao recibidor como un boi picado por un ferrón. Abre a folla biselada, viste a capa e turra da caravilla da porta exterior con desconsolo. Está pechada!

—Pero que diantres!

Pugna coa caravilla, movéndoa freneticamente. Está tan fóra de si que aínda tarda un tempo en se dar de conta de que a porta ten o pecho botado.

—Merda! Estou encerrada! Merda, merda e merda!

Golpea a madeira cos puños namentres grita como quen sente nas súas costas a ceifa da fanada.

—Socorro! Auxílienme! Hai alguén aí! Socorro!

Cala por un intre, procurando unha posíbel resposta no silencio da noite. Nada! Ninguén! Tan só se escoita o batucar do seu corazón arrepiado e o consumirse das candeas que alumean o salón. A folla de madeira que garda a casa do exterior é tan grosa que muda os seus gritos arrepiados nun xordo murmurio.

—Escravituuuuddeeeee!

Escravitude reprime un berro. A voz vén de arriba. Esa voz aguda e mofenta descende do primeiro andar, escoando como acedo infernal o tiro das escaleiras.

—Escravituuude! Non sexas agonías, ho! Ven xogar comigo!

Escravitude corre cara á cociña. Vai cegada polo medo, como se a seguise unha manada de lobos famentos. Sente un morno regueiro escorregarlle entre as enaguas. Sabe que acaba de ouriñar por ela mais esa é agora a menor das súas preocupacións. O único que se lle pasa pola mente é alcanzar a cociña e guindarse fiestra a través. Si, farao, non abrirá o vidro sequera.

Con toda a violencia da que é quen abalánzase contra a porta que atravesara hai tan só uns intres.

De súpeto detense bruscamente. É como se batese contra un muro de perpiaño. Sente o ombreiro dobrarse contra a paleta e no seguinte latexar as costas bourar contra a alfombra. Vese estarricada no chan, cuberta cunha lene aura de po desprendido da alfombra e cunha dor tan aguda no costado que lle arranca bágoas dos lacrimais.

—Non, non, nooon! Acouga, Escravitude! Vaste facer mal!

A voz regresa mofenta. As bágoas de Escravitude son agora unha mestura de medo e rabia.

—Mellor é rir que chorar! Ha ha ha ha ha! Mellor folgar que traballar!

Escravitude séntese desfalecer. Esa voz, ese zunido estridente e agudo, sen dúbida cuspida pola mesmísima boca do demo.

Vira a cabeza e enfoca a parte alta do tiro da escaleira. Entón vea, si, contémplaa con total claridade. Non é unha miraxe, non é alucinación tampouco, é a puta boneca coa face manchada de sangue que a mira en fite desde o relanzo do primeiro piso, asomando o seu rostro maléfico por entre as reixas da varanda.

—Valédeme, meus santiños! —exclama Escravitude, confiándose a todas as almas que poboan o santoral.

A faciana adquiriu unha expresión endiañada. As moufas, antes lisas e repoludas, tornaron esguízaras e engúrranse agora nun aceno grotesco. Sorrí sen sorrir. Faino coa expresión petrificada e macabra dunha gárgola. Abre a boca até as lindes mais sen amosar emoción ningunha.

A boneca vírase e pérdese rapidamente no corredor da parte alta. Escravitude ve a súa melena de cabelo crespo desaparecer entre a penumbra, namentres sente os seus pasos bater enxordecidos no piso de madeira. *Chup chup chup chup chup...* Non pode deixar de comparalos co bulir dun gato nun sobrado.

—Ven, Escravitude! Ven, anda, non sexas penurias. Ven xogar comigo!

Escravitude devece morrer fulminantemente. Pídelle a Deus

que lle faga estoupar o corazón nese preciso instante, así como está, estarricada sobre a alfombra. Mais o ceo non se compadece dela e a dor do ombreiro, antes lacerante, agora é unha feble punzada xorda. Érguese amodo, de súpeto sente o agre cheiro dos ouriños baterlle nas ventas do nariz.Séntese sucia, baleira, estúpida. É unha covarde! O que está a acontecer nesta casa é obra do diaño. Ten que ser, se non, non se explica. Aínda así é unha boneca ao que se enfronta, unha puta boneca cativa como un gato! E ela... Pensa agora cun ánimo novo, ela... Ela ten un coitelo de despezar carne.

—Escravituuuude! Estoute agardaaaanndo!

De socato, todo o medo que lle corría polas veas transfórmase en carraxe.

—Agora vas ver, lercha!

Rapidamente, como aguilloada por un ferrete, como se o piso estivese tapizado con rescaldos ardentes, como se o corredor se derrubase ao seu paso, cruza a sala, recolle o coitelo que deixara sobre a mesa e diríxese á escaleira. Vaina foder, si! Vaille arrincar esa cabeza de merda. Vai facer calar para sempre ese noxento riso de lunática.

Comeza a subir os chanzos. Está como posuída. Como intres atrás, embriágaa a sensación de se mirar desde fóra do corpo, mais desta volta atopa unha muller audaz e decidida, valente, arrebatada. Non hai nin rastro daqueloutra que, atravesando a sala, máis semellaba un año camiño do matadoiro que un ser disposto a cortar cabezas.

—Escravituuuuude! Ven xogar, ho! Bo! Es unha aburrida!

«Filla dunha cadela», ese ton de voz exaspéraa. Ese falar estridente, esa mestura noxenta entre riso e berro, máis semellante ao griñir dunha rata que ao falar dunha nena. A rabia consúmea, sente arder no sangue unha carraxe tan grande que sería quen de exterminar unha vila enteira.

—Porca! —berra—. Porca! Heiche cortar a lingua como aos cochos!

Apura chanzos arriba, ten a alma totalmente alporizada. Mais ao chegar ao relanzo sente un súbita ondada de maldade atravesarlle o pensamento que a fai ficar paralizada, queda e indefensa como un cervo ante o canón do cazador.

Escruta o van que se abre ante os seus ollos. No corredor hai sete portas, seis fechadas e unha, a do fondo, entornada. Nela, a luz pálida das candeas lapexa beixe e morna. Intercaladas entre as portas, como se estas fosen as liñas dun macabro pentagrama, ducias de bonecas penduran das paredes, pousan sobre os armarios, nas alcándaras, sentan en cadeiras, bambean atadas con fíos ao teito. Son todas elas bonecas clásicas, vestidas con traxes de encaixe, locen longas melenas cardadas. Fíxase nas súas facianas. Non é porcelana o material do que están feitas, senón dese xeito de mestura de coiro e tea co que estaba fabricada a boneca co borrancho de sangue na moufa.

Decidida, dá un paso cara a adiante, namentres a súa mirada fica cravada nesas ducias de pares de ollos que semellan escrutala con frialdade inquisitorial, como se tivesen a facultade de ver a través da súa alma.

—Escravitudeeeee, ven linda! Hahahaha!

Ao escoitar esa voz de rata humana aperta instintivamente o mango do coitelo contra o puño, faino tan forte que sente os ósos estalar embaixo da pel. O corazón desbócaselle no peito. É unha ira ingobernábel quen mexe agora o sangue nas súas veas.

—Escravituuude!

Esa voz, esa puta voz... Exaspéraa! Escravitude avanza cara á porta do fondo como unha lava radioactiva. A voz vén de alí, si, sen dúbida vén de atrás daquela folla entornada. A parca luz amarelenta chama por ela como a lapiña dunha candea atrae as avelaíñas. No seu interior retumba o son dunha ceifa ao segar o aire. Zas!... Zas!... Zas!... Escóitao con total claridade batendo nalgún recuncho do seu espírito. Escravitude sabe que tolea, tanto lle ten. Só quere facer calar esa puta voz infernal.

—Escravituuuuude!

Todo isto é unha tolemia. Esta casa maldita, este son de ceifas a lle rabuñar a testa, este doutor Queiroz que non pode ser outra cousa que a mesmísima reencarnación de Satán. Na súa alma unha voz berra. Mátaa! Mátaa! Córtalle a cabeza! Esa voz carniceira, como se dun polo magnético se tratase, turra dela cara ao final do corredor.

Ao chegar a porta dálle unha patada tan violenta que a piques está de arrincar a madeira dos gonzos.

—Porcaaaaa! —berra, á vez que atravesa o limiar.

Lanza un par de estocadas guiadas polo instinto, o gume do coitelo só devece por topar carne. Así permanece por un intre, cegada polas ansias asasinas até que, de socato, cae na conta de que na estancia non hai boneca ningunha. Mira en derredor, a piques está de beliscar a moufa para se asegurar de que todo aquilo non é máis que un pesadelo. A habitación é en verdade o despacho do perverso doutor Queiroz. Baixo o alumear dunha lámpada de candeas, Escravitude atopa unha mesa de madeira de castiñeiro cargada cunha pía de libros, unha pluma de ganso repousando no interior dun tinteiro, un caderno e ducias de follas manuscritas esparexidas polo taboleiro. Atrás da mesa, aconchegada á parede do fondo, unha enorme libraría soporta decenas de frascos recheos dun líquido turbio que semella ser formol. Escravitude entorna as pálpebras tentando enfocar o fondo. Un arrepío fondo zorrégalle na espiña dorsal como un lategazo ao descubrir que eses vultos que os frascos conteñen son, en realidade, un misterioso material orgánico. Criaturas descoñecidas, fetos en diferentes etapas de formación, membros contrafeitos, falanxes, vísceras, ollos.

—Isto é unha tolemia —bisba—. Un inferno!

Escravitude treme agora, o seu corpo méxese como a herba na ventada. Non sabe se fuxir ou cravarse o coitelo no medio do peito para acabar dunha vez por todas con esa demencia. No entanto, nada fai, a súa vontade semella perdida por algún sumidoiro do seu espírito. Non pode máis que seguir escrutando o despacho coa mirada. Á esquerda da mesa hai un xeito de camas hospitalarias. Unha máis grande á dereita, e unha máis pequena á esquerda. Ambas as dúas están unidas a unha estraña máquina por un envurullo de mangueiras transparentes nas que un viscoso líquido de cor verdosa flúe lentamente. A máquina está feita en cobre. Parece un escafandro de grandes dimensións, mais en realidade é un artello de válvulas, poleas e rodamentos. Seguramente a súa función sexa a de bombear o viscoso líquido verde.

—Pero que diantres! —repite unha e outra vez Escravitude. Non comprende nada.

Avanza cara ás camas. A da dereita, a máis grande, está baleira. A roupa inmaculada. Dos laterais penduran unhas cinchas de coiro. Semella a cama dun psiquiátrico. Sobre a da esquerda, a máis cativa, hai un vulto tapado cunha saba amarelenta. Contra a parede hai unha mesa con utensilios cirúrxicos. Un bisturí, tenaces, pinzas hemostáticas, un fórceps de Duges, sondas, tesoiras, agullas...

Escravitude centra toda a súa atención no vulto pousado sobre a cama cativa. Ten que saber que é o que agocha a saba. Semella un bebé... Ou unha boneca. Quizais sexa ela... Si, iso é. É esa puta!

Achégase brandindo a arma a media altura, disposta a acoitelar esa porca ao primeiro movemento. Lentamente avanza cara á cama, os catro pasos que a separan do leito parecen interminábeis. Estrica a man até apresar o tecido e logo turra da saba con furia. Embaixo atopa unha boneca, mais non é aquela coa moufa enzoufada en sangue senón outra, ou máis ben, a estrutura dunha a medio montar. Está estarricada sobre a cama. É calva aínda e a face é simple madeira espida en espera de cobertura. As concas dos ollos están baleiras. O vestido aberto de arriba a embaixo amosa un peito sucado de mangueiras finas e enleadas, semellantes a aquelas nas que, na máquina do fondo, flúe o líquido viscoso e amarelento. No centro do peito hai un oco, un baleiro. Escravitude comprende, sen lugar a dúbidas, que ese oco está concibido para albergar un corazón.

—Á fin chegaches. Bo! Xa pensaba que non querías xogar comigo.

Escravitude vírase arrepiada, o sangue acaba de tornar carazo nas súas veas. Algo no teito faina erguer a mirada. É unha cabeleira loura que pendura como unha arañeira dunha trapela aberta a carón do estuco. Por riba do cardado, esa face demoníaca. A boneca míraa en fite. Neses iris atopa a ollada da morte. Ollos impíos, mofentos, que se cravan sen misericordia nela como alfinetes furiosos. O rostro crebado nun sorriso de porcelana, falsamente amábel, como o dun tratante de gando que tenta vender un animal enfermo.

—Veña. Vamos xogar! Ha ha ha ha!

—Máis vale xogar que folgar!

—Máis vale rir que chorar! Ha ha ha ha!

De súpeto outras voces xorden da trapela. Son voces semellantes á da boneca do borrancho de sangue, aínda que os tons varían levemente entre graves e agudos. Escravitude non sabe se é que son varias as bonecas que falan e rin, ou se é unha soa que, ao xeito dos ventrílocuos, fai varias voces a un tempo.

—E a que xogamos?

Escravitude comproba, con arrepío, como lentamente varias monecas asoman no van. Os cabelos escorren como cachoeiras macabras. Fano amodo, paseniño, coa perversa calma dos torturadores. Algúns son louros, outros vermellos, hainos morenos, brancos, mechados, averdados...

—Que vos parece xogar ás agochadas!

—Ás agochadas? Que aburrimento!

—Xa sei —di a boneca coa mancha de sangue na cara—. Xoguemos aos médicos.

—Si, beeeen! Aos médicos!

—Aos médicos!

—Pídome enfermeira!

—E eu cirurxiá!

Como se un relampo lle alumease a mente Escravitude comprende de socato que ten que saír daquel cuarto con urxencia, porque nel non hai máis que inferno. Corre cara á porta, vai cegada pola idea de gañar o corredor, sabe que lle vai a vida en atravesar ese limiar. Entón veas esfragarse desde a trapela. Unha, dúas, catro, sete, vinte... Un enxame de bonecas caendo ao chan como un salpedrés maldito. Fóra no corredor, aquelas que antes repousaban acaroadas ás paredes, cobran vida agora e achéganse ao cuarto de inmediato. Camiñan lentamente, sen amosar emoción ningunha, mais vendo os seus ollos Escravitude comprende que a perversidade máis impía é quen mexe os seus instintos.

Unha boneca revólvese á súa esquerda. Colle velocidade e salta contra o seu costado. Nun acto reflexo Escravitude guinda o coitelo, corta o aire e o gume vai tallar o peito dese ser do inferno. A boneca, empurrada pola forza da coitelada, bate contra a parede e cae logo boca arriba, inerte, cos ollos cravados contra o teito. O coitelo entroulle no costado esquerdo e talloulle o vestido deixando o peito ao descuberto.

—Non pode ser! —exclama Escravitude arrepiada, á vez que comprende cal é o seu destino—. Non... Nooaon!

O peito da boneca alberga un corazón humano. A coitelada tallouno á metade. A víscera expulsa, nas súas derradeiras sístoles e diástoles, chorros dese mesmo líquido verde e viscoso que contén a máquina do fondo.

De súpeto sente barullo á fronte. Vírase, mais tan só pode presenciar, impotente, como a grea de bonecas se arrebolan contra ela. Bátenlle contra o peito, as pernas, os brazos... crávanlle os dentes alí onde atopan carne. Son cativas como gatos mais tan poderosas en manda que todo canto intenta para zafarse naufraga nun mar de impotencia. Trata de se ceibar delas, arrincándoas desesperadamente coas mans namentres mira de esguello a trapela. A sarabia maldita non cesa. O chan está totalmente tapizado deses diaños inclementes.

Nun intento desesperado arrebola o coitelo contra a boneca luxada co borrancho de sangue mais esta, hábil como una raposa, faise a un lado e esquiva a estocada.

—Chincha rabiña, cara de sardiña! —exclama namentres esboza un sorriso xeado. Porén, repentinamente, unha seriedade pétrea debúxase na súa face. A boneca ergue a man dereita sinalándoa co dedo estricado e di—. Fodédea!

Como impulsadas por un resorte, o resto das bonecas arrebólanse contra Escravitude como unha manda de hienas. Pronto se ve cuberta por un monte de brazos, pernas, vestidos, cabelos... Quere seguir loitando, mais non lle quedan forzas. De súpeto, os xeonllos dóbranselle e as pernas deixan de lle soster o corpo. Cae ao chan, está a piques de desfalecer. Fáltalle o ar, un pánico aterrecedor xéalle a vontade. Sente como é inzada no aire. O seu corpo é arrastrado como a figura dun santiño nunha procesión. Unha boneca póusaselle na cara. Agora non pode ver nada, non pode respirar, non pode pensar! Clama ao seu redor un barullo terrorífico. Entre os falares de rata humana das bonecas sente o son seco das queixadas de madeira ao abrise e pecharse. Así debe de soar o inferno.

As costas topan cunha superficie acolchada. Sabe perfectamente que acaban de deitala sobre a cama máis grande e átana agora fortemente coas cinchas. A moneca que ten pousada na cara retírase do seu rostro, a tímida luz das candeas cégaa por un intre. Diante hai unha sombra. Entorna os ollos. Entón recoñécea. É ela, a boneca co borrancho de sangue no rostro.

—Escravitude —di, ao falar o rostro permanece inmóbil. Os beizos non se moven. É unha broma, un pesadelo. Ten que ser iso!—. Pórtate ben, anda. Tes que ser unha boa paciente.

A boneca ergue a man. Nela un reflexo escintila brevemente. Ao ver o gume do bisturí amarrado entre os dedos, Escravitude comeza a berrar. Faino desesperadamente, cun ton tan miserábel que até o mesmísimo diaño sentiría misericordia dela. Mais a boneca co borrancho no rostro non sente misericordia. Porque, a dicir verdade, ela é máis depravada, vil, maléfica, impía... que o mesmísimo diaño.

—Berra todo o que queiras, raíña. Doer, vaiche doer igual —di.

Despois, como quen escasca unha laranxa crávalle o bisturí nas pálpebras.

Ese é o comezo dunha noite interminábel.

***

A luz entra temesiña por un lateral, enzoufando a estancia con loairas pusilánimes. Ausente, Escravitude contempla como o amencer lle gaña a man ás tebras. Está alí, mais é como se non estivese. Así leva xa unha eternidade. Quere torcer a faciana, mover as mans, as pernas, deixar de contemplar como unha parva ese metro cadrado de papel tapiz que ten diante súa, mais non pode. Quere capelexar... Cando menos iso, capelexar! Téntao, dille á súa mente: «Capelexa, capelexa, mala faísca!» Mais nada, imposíbel, o corpo non quere obedecer a súa vontade.

Os gránulos de po que aboian entre as lanzadas luminosas captan a súa atención. Esas partículas danzan na mañá como avésporas diminutas. Fíxase na luz. É unha luz distante, apagada, irreal. É a luz dos soños. Agora cae na conta. Agora si! Iso é, si, todo é un soño! Ten que selo, non hai outra. Está soñando. Leva soñando desde que na noite anterior atravesou o limiar desta casa do diaño. Quere espertar, devece por acordar e verse a si mesma deitada sobre o seu leito e que estas paredes atafegantes desaparezan do seu recordo como un sabor agre e pasaxeiro.

—Esperta! —dise—. Esperta, Escravitude! Esperta, carallo!

Mais non o consegue. Segue alí. Atrapada na súa propia consciencia, mirando en fite aquel maldito anaco de papel tapiz. E agora, para maior arrepío, descobre que a súa voz non é quen de rebordar a linde dos seus beizos.

De súpeto, sente barullo á súa esquerda. Unha chave que vira unha pecheira, unha porta que renxe ao abrirse, uns pasos que se achegan amortecendo unha respiración cansa, avellada, gastada. Recoñéceo só polo son dese alento decrépito. É o torto, o maldito doutor Queiroz que regresa das súas obrigas nocturnas.

—Pero que pasou aquí? —sente dicir. O vello pregunta como sorprendido, no entanto nesa voz reverbera un ton falso, mesquiño—. Lusi! —chama—. Lusiiii! —volve chamar.

—Que queres, pai? —contesta Lusi desde algún lugar á súa dereita. Lusi, así se chama esa porca. Lusi, maldita!

—Lusi, ven aquí, fai favor!

—Bo, «ven aquí, ven aquí.» Sempre o mesmo —rosma a boneca.

No entanto, Lusi achégase. Sábeo porque escoita a súa cada vez máis preto e porque agora mesmo acaba de entrar no seu campo visual. Ao ver esa face lisa e macabra, Escravitude sente unha aguilloada de pánico zoscarlle no espírito.

—Lusi, onde está a muller que veu limpar onte?

—Muller... Que muller? Non sei de que me falas.

—Como que non sabes? Lusi, anda, que xa nos coñecemos. Onde está... Como se chamaba? Vaia esquecín o seu nome. Onde está a muller que veu arranxarvos? Marchou sen cobrar.

—Eu non vin ningunha muller. Non non non! —nega Lusi con voz mecánica—. Estáste a facer vello, paiciño.

—Umm —dubida Queiroz—. Pode ser... Pero eu estaba seguro de... Si... Ultimamente esquécenme as cousas.

Queiroz adiántase uns pasos e entra no campo visual de Escravitude. Agora veo, si, pode velo con total claridade. Esa face cun só ollo, engurrada, pervertida, noxenta. Un profundo terrexío revólvelle as tripas ao ver ese iris pálido e frío cravándose nela.

—Pero que é isto? —exclama Queiroz achegándose a ela coas mans estendidas—. E ti de onde saes? —pregúntalle erguéndoa en peso coa facilidade de quen iza un cazo de auga.

—Chámase Escravitude —di Lusi nalgún lugar por embaixo dela—. É a miña nova amiga. Saúda, Escravitude, non sexas malcriada.

Escravitude sente de súpeto como a súa queixada se move de arriba a abaixo. Máis non foi ela quen lle ordenou a súa face acenar! Moveuse soa, guiada por unha vontade externa. Entón comprende a magnitude do pesadelo. Está encerrada nese corpo de boneca, mais a súa vontade xa non guía os seus membros. Agora é Lusi quen domina os seus movementos. Perténcelle. Si, é a súa serva, a súa escrava, a súa puta. Dela xa tan só queda a conciencia de ser... Do que é... Un simple monicreque da vontade daquel diaño cativo e desapiadado.

—Escravitude —repite Queiroz diante súa. Un brillo maligno atravésalle o ollo—. Unha vez coñecín unha Escravitude. Era todo corazón.

Lois Z é un ourensán empadroado en Compostela. Licenciado en bioloxía, xogador de rol, escritor de relatos e estampador de camisetas. Colabora coa web Biosbardia como crítico literario.

Pantomima

por

Lois Z

Ante eles un amplo mais angosto panorama, rasa estepa salpicada de áridos prados anegados de esterco. Os regos de xurro corren polos ermos até que son evaporados polo sol sedento, que alumea a media luz a tristura da terra exhausta onde habita a humanidade.

Case imperceptíbel ás horas vespertinas, os dous pícaros divisan o inmaculado xardín do Edén. Baixo un firmamento de chumbo batido percorren a vasta distancia para crebar o sétimo mandamento e consumar a inaudita ameaza selada con sal e limón.

O cacofónico son dos corvos ao grallar non abate o seu afán e, desde o outeiro pedroso, albiscan os terreos do opulento condenado. Na noite máis escura acoden os insensíbeis raptores, como hienas noctámbulas na busca do alimento pútrido: a froita prohibida.

—Antes de lixar a túa alma, atende, amigo Zanfonio, as miñas palabras. Significan o mesmo amizade e compañeirismo? Son sinónimos amigo e compañeiro? Pensa que eu non podo dicir «teño dúas mazás e tres mazás», nin tampouco «teño dous amigos e tres amigos», mais si «teño dous amigos e tres compañeiros». Pensa que dous amigos senten amizade mutua, mais dous compañeiros... Que senten? De certo che digo que esta incerteza me queima por dentro e enferruxa os meus pensamentos, pois eu non busco en ti un amigo para as ocasións, nin moito menos un parasito que edifique á miña conta castelos no ar. Nada diso, a miña máis anhelada ambición é atopar en ti un sentimento de afecto persoal e desinteresado por min. Escoita, dous homes poden ser amigos e rivais, mais non amigos e inimigos; por iso xamais me negues o saúdo, nin cando as desavinzas auguren contenda, porque grande é a xenreira que un ser humano pode sentir polos seus semellantes, e iso, meu bo Zanfonio, non ten volta de folla. Con isto dígoche que, se o medo te achanta e queres volver á túa casa agora mesmo, seguirías sendo amigo meu, mais se vés, has de saber que sobre o xardín van voar nubes negras e ao mellor non se dá atopado bo acolleito. Ven convencido ou non veñas.

—Meu xentil e sabio Viperito, abofé que me sorprendes! Ben debías saber que non son un infausto pusilánime, acaso non me coñeces? Eu non lle teño medo a cousa ningunha, onde ti vaias quero ir tamén e o que ti fagas é como se o fixese eu a un tempo. Sae da túa congoxa, que esta noite seremos heroes!

A través dunha escuridade impenetrábel, e en medio dun silencio absoluto, resoan na comarca as doce badaladas que marcan o comezo da longa noite en que dous arroubados mozos pactaron furtar e repartir entre toda a aldea o recadado na facenda dos deuses.

Mais entre eles e o titánico tesouro, un abismal obstáculo: a colosal muralla composta de rochas milenarias, que zigzaguea en terra de ninguén gardando con agudos e afiados dentes a fenomenal ambición que atrae transeúntes, peregrinos e estranxeiros.

Co brío da xuventude e o látego da necesidade, de seguido atopan un punto feble e os dous aprendices de Hermes fumegan en vertical: tripan, escalan, ascenden até o cumio e coroan a cúspide do muro acabado de someter.

Desde a cima, agochados, escudriñan as sombras buscando calquera atranco que poida impedir o éxito da súa desalmada misión: irredutíbeis gárgolas, esfinxes, grifóns; feros cancerbeiros, alxubes, dragóns; o terríbel minotauro, quizais astutas argucias e adiviñas, o ciclope, medusa ou aínda peor: Xeranio, o lendario gardián do xardín, disposto aos lacerar até o último dos seus suspiros se de improviso os cachase coas mans na súa facenda.

Á vista de ningún perigo toman terra de inmediato e ás apalpadelas brincan de árbore en árbore, rindo polo baixo. Non ven as marabillas, é de noite e está escuro, só na súa imaxinación recrean os olímpicos prodixios que os rodean. Áchanse nerviosos, extasiados e tan só preocupados por encheren os seus sacos de froita e verdura para retornar vitoriosos.

Laranxas, verzas, limóns; tomates, millo, melocotóns; aos poucos e aos moitos, tomates e pementos, sacoden tamén mazás para os famentos e apañan ao chou amorodos e pavías. De lonxe semellan felices ladróns dados á súa tarefa; de preto, enfermos maníacos acugulando as súas bolsas con tesouros incalculábeis.

—Ai, Zanfonio, o meu corazón bate con ansiedade! Podes crer que me sinto como un príncipe afortunado? Que parvada, verdade? Porque mañá, quen serei? De novo un paria sen futuro nin destino. Isto é o máis grande que poderemos recordar se chegamos a vellos, e míranos, só somos dignos de mágoa e compaixón. En lugar de levar connosco algo de gloria, este lugar róubanos a honra. Deixámonos engaiolar pola lenda do xardín, mais os nosos ollos non ven, non ulimos nin degustamos, en fin, non gozamos do pracer de sentir o paraíso ao longo e largo do noso corpo. Poderías dicirme que frondosas son esas árbores, se nas súas pólas choutan os esquíos, onde fai o seu niño o merlo ou se canta o cuco pola mañá cedo? Non, non podes dicirme iso nin eu mesmo o sei. A nosa alma envilece na medida en que se ceban estes sacos. Que nos quedará despois de devorar tales manxares? Tan só a semente, o óso e o pelexo; a ninguén poderemos contar as marabillas que ao noso redor repousan durmidas. Négome a me facer isto a min mesmo, afrontemos os feitos como homes libres e sen remordementos. Talvez non poidamos volver as froitas á árbore, mais si ver de enxertar a póla da dignidade de volta ao noso corazón. Escoita, Zanfonio, volvamos mañá coa forza do sol, traendo a luz e non a escuridade, para lle dar senso a esta fazaña propia de destemidos argonautas.

—Non sabes o que me aleda o corazón oírche dicir iso. Pensaba que isto era o correcto, mais agora, movéndome en sixilo na escuridade, sinto que estou facendo algo ruín. Que inxusto sentirse así cando un o que pretende é facer o ben!

Con dilixencia rematan o traballo de arrincar froitos a cegas enchendo a saco as súas bolsas para logo denigrar de novo o desprezábel muro na súa fuxida. Viperito e Zanfonio, a noite durou pouco nas súas mans! Toda canto ela é marchou cos froitos nos seus gabáns, até chegar salvos e sans ao seu novo fogar temporal, cubertos por unhas xestas e unha laxe, a distancia neutral entre vila e xardín, ceo e inferno, sen saber cal é cal. Alí repousan e agardan á alborada para retornar ao xardín encantado. Os dous de acordo, respectan o sagrado pacto de non degustar o botín até o momento de o partillar coa súa xente.

E o sol, en perfecta combinación coa Terra, dá lugar a un novo día de verán en Valdefentos, terra sombriza e estraña, a non ser pola xentileza dos terreos cercados polo maligno parapeto de rochas seculares que se di non foi levantado pola man do home. Meu dito meu feito, ambos os dous ao horto se remiten e polo sendeiro parolan para non matinar en que sobre as súas cabezas xesta unha tormenta que fai brincar o vento.

—Observa, Viperito, a cancela está aberta.

—Canta facenda gardaba este home! E nós iámonos contentar coa borralla, con apenas un tizón negro arrincado deste gran lume.

—Quizais poidamos departir amigabelmente co dono, aquel a quen chaman Xeranio.

—Non te precipites, Zanfonio. A súa severidade é lendaria. Din que quixo vivir como un ermitán, lonxe de todos, e que ameazou de morte a quen puxese un pé dentro dos seus marcos.

—Así que non estamos satisfeitos con lle furtar os seus bens que ademais queremos humillalo e demostrarlle que as súas orgullosas defensas son inútiles ante calquera individuo que albergue a ansia de posuír o seu patrimonio?

—Noto un cheiro cáustico nas túas palabras, Zanfonio. Xeranio goza agora de incontábeis privilexios, así que non lle virá mal un pouco de realismo na súa vida. E en canto a se estou satisfeito ou non co que fago ou deixo de facer, vouche dicir que a satisfacción plena para min non existe e por tanto todo mal que lle poida inflixir non me enchería nunca.

—Tal é o odio que sentes por ese home aínda sen coñecelo?

—Despois de ver o que vin? Despois de comprender até onde chega o seu egoísmo? El sabe que as hortas da aldea apenas nos dan para vivir e abofé que un home só non é capaz de comer todo canto aquí ten! Tanto o odio agora mesmo que me atrevería a lle negar a vida se tivese a ocasión e valor dabondo.

—Non, por Deus, Viperito, non nos convertas en asasinos. Xa nos chegará a fama como ladróns.

—Eu non me sinto como un ladrón, ti si?

—É difícil non se sentir así despois de roubar.

—Daquela pensa que só seremos ladróns do seu alento se chegamos a matalo.

Os dous protagonistas franquean a entrada do paraíso e o seu conto, que comezara con ledos sorrisos e ganas de leria, vira nesta hora cun xiro escuro e retorto. O nó da historia aperta os pescozos de ambos os mozos como unha corda no patíbulo. Os rapaces estarrécense. Diante deles, o ceo: unha casa de pedra labrada, un cocho na corte, vacas, galiñas no curral, o canastro para o millo, leña a secar e aló embaixo un pozo. As hortas están a rebordar e as froiteiras ateigadas. Pola fiestra vese a artesa aberta, acugulada de fariña, ovos e sal. Un gato laranxa dorme ao sol na varanda do corredor. Xeranio sae da cociña como un vello rexo de andar estricado e as súas palabras falan por si soas cando as pronuncia.

—Cometestes unha grave falta ao vir roubar á miña casa.

—Se non ter que comer é unha falta, daquela ter todo o que ti tes é un crime.

—Dime, rapaz, é que non vos contentastes con facerme a vendima que vindes tamén roubar o meu tempo?

—Viñemos tirar co muro para que esta terra fértil sexa de todos. Renuncia aos teus privilexios, permite a destrución do valo e comparte a colleita cos que teñen menos ca ti.

—Que dis, Viperito!

—Cala, Zanfonio. Cala e escoita.

—Viperito e Zanfonio, Bandidos con bico de ouro, mais bandidos á fin. Este valado que queredes tirar divide a civilización da barbarie, a virtude do pecado, o ben do mal; en definitiva, o meu do teu. Que poder vos dá dereito a me esixir iso? Que alto tribunal vos asiste? Como na vosa casa pasan fame, teño que pasala eu tamén para que a vós vos pareza xusto, non é? O que encerran estes muros non vos pertence! Todo isto o construín eu coas miñas mans, coas mans! Querédelo para vós? Pois aquí tedes a miña espada. Collédea, sen medo. Ídela precisar se queredes derrubar o muro, porque, antes diso, teriádesme que matar.

—Viperito, atende! A trasnada vai rematar en traxedia, marchemos de aquí!

—Atrás, Zanfonio! Esta folla non coñece amigos.

—Ben farías en escoitar ao teu compañeiro. Volvede por onde viñestes e pedide por que Deus vos perdoe.

—Falas de xustiza? Ti, que gozas deste admirábel xardín e empregas un espantoso parapeto para manter lonxe os teus iguais? Pensas que iso é xustiza? Porque se o é, daquela o que me propoño facer está de sobra xustificado. Creaches ti as sementes das que naceron as árbores? O vento que as fecundou? A terra e o sol do que se nutren? En cambio ti pertences á raza dos homes, e se esa raza esmorece é lexítimo que se sirva de ti.

—Por riba das necesidades dos homes está a vontade de Deus e eu traballei duro para que me concedese estes dons!

—Logo debe de ser desexo del que te asasine, porque no canto de terra, sementes e aixada a min entregoume unha espada. Cumpramos a súa vontade!

A folla zoa cal serpe en busca do corazón inimigo. Atravesa o peito de Xeranio e o sangue pinga na terra cando a chispa da morte aparece subitamente como un espirro. Sotérrano nunha leira sen cruzar palabra. De socato, o xardín perde a súa beleza.

—A candea de Xeranio xa se apagou. Collamos o carro, hai moito que carrexar de aquí até a aldea.

—Viperito, mataches á mantenta un home desarmado que non che fixera dano ningún. E mataríasme a min tamén se tentase impedircho, vino nos teus ollos cando empuñaches o maldito aceiro.

—Zanfonio, meu amigo!

—Non, non podo ser máis o teu amigo. Só vexo o rostro do adversario na túa mirada. Estás marcado, Viperito. Que cego estiven ao non me dar conta da túa verdadeira natureza. O mal conquistou este lugar e fuches ti o seu instrumento. Cría que si, mais eu non son coma ti.

—Que dis? Agarda! Isto fíxeno tamén por ti! Non deixes que o meu sacrificio sexa en van... Mira, gardaremos o segredo. A ninguén lle habemos contar o sucedido e, se na vida que nos espera tras desta alguén ha de pagar por este acto, fareino só eu.

—De ningunha maneira. Se non confeso condenareime tanto coma ti. Sabes a quen castigou Deus con máis furia que aos que apoiaron o anxo caído contra El? A aqueles que miraron para outro lado sen lles importar que bando ía prevalecer. Todos estes froitos son ilícitos agora, peor que se estivesen podres. Vou volver á aldea e a quen me pregunte direille que aquí non queda nada, que é terra queimada e que ninguén a debe pisar xamais. Viviremos ou morreremos do que dea a nosa terra erma e deserta, esa é a lección que aprendín e será a nova que levarei nos beizos. Adeus.

—Zanfonio, detente, non me deas as costas! Eu non o quería facer! Fun enganado, enganado pola miña condición humana! Non marches, fálame, amigo, cheguemos a un acordo! Zanfonio! Zanfonio! Que é o queres de min, deus do vello mundo? Acaso pensas que me podes usar ao teu antollo e desbotarme despois? Pensas que podes traizoarme e logo esquecelo? Non me creaches á túa imaxe e semellanza? Non está ben entón o que fixen? Estásme oíndo ti tamén, Zanfonio? Pois escóitame ben: vou erguer este muro tan alto que a súa sombra será o único amencer que verás! E has volver, meu amigo, has volver ao xardín do Ben e o Mal. Cando vexas os teus fillos chorar coa fame sei que volverás. E daquela serei eu quen guinde esta espada aos teus pés.

O ghuapísimo Botana... Vacilade vós, que hai onde facelo...

Pregunta o que queiras...

Unha Fantasía

por

David Botana

—...

—Unha fantasía? Si oh, sen problema. Todas as miñas historias veñen sendo fantasías.

— ...

—Ahhh... Refíreste a unha fantasía *erótica*. Vaites, non te tiña por ese tipo de persoa.

—...

—Vale, vale. Tes razón. Dixen que preguntases o que quixeses. Porén, eu que sei, se fose tomando un par de cañas ía ter menos reparos. Nunca fun demasiado pudoroso, sobre todo co puntiño etílico, mais unha cousa é artellar un relato e que as túas merdas sádicas queden agochadas entre as letras, e outra ben distinta e contalo así a pelo... Contigo mirando, vaia.

—...

—Se é iso o que queres pois adiante, que para algo pagaches o libro. Xente rara hai en todos os lados.

Esta é unha fantasía que teño desde... O certo é que non o lembro. Xa sabes, a adolescencia é unha época onde o tempo resulta difuso e malamente medíbel. Supoño que pasaría entre algún capítulo de Dragon Ball e Vixiantes da praia. Sempre comeza así:

Atopámonos catro persoas nun ascensor. É un deses grandes, gústanme os dos hospitais, teñen moita marxe de manobra. Así que, imos catro persoas nun ascensor de hospital. Unha enfermeira rubia duns trinta anos, rotunda de cadeiras, peito e sorriso. Un señor duns cincuenta, cos brazos e o lombo acostumados a traballar toda a vida no duro xornal. Unha rapaza nova, fermosísima de cara, con evidentes problemas de alimentación, actitude e estilo; masca goma como unha cabuxa, viste unha parca verde por riba da camisola do hospital e unhas zapatillas rosas.

—Tamén estou eu... Ou unha especie de versión 2.0 miña con moito máis de todo: pelo, abdominais, preocupación no vestir, talante sedutor, cartos e pirola; aquí até uso desodorizante e calzóns de marca. Para algo é a miña fantasía, que carallo.

—...

—Evidentemente. Se confiase en min mesmo non estaría aquí a falar contigo, nin tería fantasías. Sinxelamente comería, bebería e daría de corpo todo o tempo que me quedase libre de tanto foder. Ou acaso ti nas túas fantasías saes «exactamente» igual a como es?

—...

—Xa mo daba a min no corpo. Mais, entre ti e eu, nas miñas si que sairías tal cal (chiscadela, chiscadela).

—...

— Hehehe! Non te poñas así, é só unha bromiña! Aínda que tes que saber que todos os escritores fantaseamos cos nosos lectores. Resultades incribelmente sexis cando nos dicides que vos gusta o que ledes. A min excítame imaxinarmo, vamos. Gústache isto que estás a ler?

—...

— Si... Case mellor sigo.

A luz da cuarta planta fica acesa. Subimos. A enfermeira a traballar, o home e mais eu de visita, a rapariga supoño que até o seu cuarto, logo de se escaquear para fumar. De súpeto, un bruar invádeo todo. Semella unha explosión. Despois, unha brutal sacudida guíndanos dun lado para outro. A luz vaise e con ela a consciencia.

Espértame unha man suave e un pranto demente. A enfermeira pregúntame se estou ben, apenas distingo a súa voz entre o gritar histérico da rapariga. Todo segue a escuras. Após o desconcerto inicial tentamos facer reconto. Estamos máis ou menos enteiros. Os móbiles non acenden sequera. Parecemos condenados á escuridade até que a rapariga saca o seu zippo de fumeta. O espectáculo é dantesco. O espazo é o xusto para nos mover. A parte superior do outrora amplo habitáculo achégasenos ameazante, esmagada seguramente por unha morea de entullo. É un auténtico milagre que sigamos con vida. Comezamos a berrar pedindo auxilio. Só nos resposta o silencio que trae a morte. Tentando atopar algunha saída, damos cunha fenda estreita pola que se filtra un ar noxento. Fede a queimado, fede a morte. Os peores temores inundan as nosas mentes.

—...

—Non me preguntes o porqué. Dáte de conta que esta fantasía puido xurdir nunha época «afastada» na que eu me tiña que imaxinar unha muller querendo foder comigo. Por redución ao absurdo ían quedando poucos escenarios plausíbeis, dos cales un dos meus favoritos era a apocalipse-nuclear-nun-ascensor-ante-a-morte.

—...

—Pois non te queixes, que tamén estaba o secuestro-de-pirada-eroto-mutante-e-filla.

—...

—Igual outro día, agora seguimos que se non pásome de caracteres:

Atopámonos catro persoas nun ascensor de hospital, días despois de tensións políticas entre China, Corea, Irán e España...

—...

—A ver ho! Que era para unha palla antes de durmir, tampouco fai falla buscarlle as tres patas á terceira guerra mundial..

Imaxinamos o holocausto desatado. Aceptamos a nosa morte e adicámonos a agardala.

Pasan os días. A sede e a fame vannos consumindo. O fedor a podremia que entra pola fenda é cada vez máis insoportábel, moito máis que o dos nosos propios excrementos ciscados no interior desa mortalla de aceiro e formigón. Ninguén chora xa, nin tan sequera a moza. Resultou máis valente do que nun principio semellaba. Falamos moito, contámonos as vidas, as glorias e penas; falamos da xente que xa non imos ver, preguntámonos se ficará alguén vivo. É a única esperanza que nos queda.

A adolescente arrepíntese de non saír cun tal Jonathan ao que estivo quentando unha boa tempada, case se lembra máis del que da familia. A enfermeira lamenta todo o tempo que malgastou traballando de máis, sempre quixo ser nai e nunca deu atopado o momento; nin o pai. O home fala máis ben pouco; polas mañás da súa filla, polas noites da súa nai. Eu invento historias para os distraer e facer rir, os pallasos sempre foron os reis dos velorios.

—...

—Pois agora que o mencionas, ten toda a pinta. Non o pensara de primeiras. Mais este tamén é un bo escenario para que o típico pallasete de clase (eu, vamos) consiga unha función destacada na sociedade. O triste é que para iso teña que a reducir a catro persoas...

—...

—Si, podería dicirse que isto é onanismo a varios niveis... Son un puto xenio... Da masturbación. Ben visto, por certo. Es o lector máis espelido que tiven nunca. (chiscadela, chiscadela)

—...

—Ben, ben, xa sigo. Es ti quen me está a interromper constantemente!

A mociña e a enfermeira dormen acantoadas no mesmo curruncho. Desenvolveron unha especie de relación nai-filla. O home senta nunha esquina e eu noutra, os nosos pés tócanse ás veces. Xa non hai luz, gastamos o zippo hai moito, non podemos vernos, mais as nosas respiracións semellan ir ao unísono e fan que nos sintamos sempre.

Á cuarta noite noto unha man. Vai a tentas até que atopa a miña, apertámolas; detrás dela ven un corpiño, abrazámonos. É a rapaciña, bísbame algo ao ouvido. «Non quero morrer virxe.»

—Este é un dos motivos de que a miña fantasía a protagonice unha versión Duracel miña, pois, ante estas palabras, seguramente tivese disparado xa dúas veces e recargado para unha terceira salva de aviso.

—...

—Si... Naquela época... Claro...

Despois bícame como só pode bicar unha virxe a piques de morrer. Pese á debilidade do meu corpo por mor da deshidratación, o xaxún e a deficiente osixenación, a miña pixa decide que ninguén pode quedar virxe neste agonizante mundo de merda. Quitamos a roupa, ela remata antes. Está moi delgada, tanto que teño medo de rompela. Sobo coas miñas mans suavemente os seus ocos, impregnándoas cos seus fluídos, lévoas á boca saciando dous apetitos e inflamando un terceiro. Ela cóllema con forza mentres me chupa o pescozo con furia, alédame saber que vou deixar un cadáver con chupóns de patio de escola. Logo monta a cabalo e vai baixando pouco a pouco. É moi estreita, porén, nótoa sorprendentemente húmida para o deshidratados que estamos. Algo racha ao tempo que un pequeno grito escapa da súa boca. Apértolle as mans, mórdolle a clavícula. Aumenta o ritmo, fode sabendo que vai morrer. Bico o seu peito inexistente, amaso con saña as súas cachas osudas. Ráñame as costas, chúchame a boca. Humedezo os meus dedos nese fluxo misturado en sangue e busco o seu ano para meter máis de min dentro dela. Berra como unha demente deixando saír todo: os seus medos, a fame, a dor, a ira...

—Que facedes! Pero que cona estades a facer!? —a voz airada da enfermeira resoa dentro do reducido cuarto.

—Estamos fodendo, tía! Non penso morrer sen probar isto, vale!?

A muller queda muda por un intre, as palabras da rapaza van cargadas de ira e desesperación. En ningún momento para de foderme. Segue e segue, como se quixese empalarse co meu sexo para aforrar o sufrimento.

—Síntoo. Non quero xulgarvos... É só que. Eu tamén hai moito que non... Ai! Meu deus!

Pero, pero... Que fai vostede! Déixeme, déixeme! Non... Ahhh!

Imaxinámonos o resto. O home achegándose á enfermeira, como a colle a e a xira, como lle arrinca a roupa mentres a morde e amasa violentamente. As protestas iniciais vanse transformando pouco a pouco nuns arquexos desesperados. Esa pelexa conforma os preliminares, en apenas dous minutos un desquiciado: plas! plas! plas! acompañaba aos, agora xa, ouveos doentes da rotunda muller. Nós baixamos un pouco o ritmo, ficamos algo pampos co que está a acontecer a escasos dez centímetros. Imaxinamos o seu sexo e iso ponnos a mil, rimos, bicámonos, adoptamos o seu pracer coma noso.

—...

—Notáchelo, eh? O certo é que sempre me poño moi, digamos «narrativamente intenso» cando imaxino xente a foder. Por iso nas miñas historias case sempre hai sexo, nas máis dinámicas polo menos.

—...

—Grazas, grazas. O certo é que a naturalidade neste tipo de escenas sáeme, supoño, debido a miña inmensa experiencia en... Imaxinar como é iso de foder. Queiras que non, Internet tamén axuda moito. Mais vou seguir que, como se soe dicir, xa está a pinguiña na punta.

A brutal monta do home fai que a cabeza da muller remate percutindo contra a miña perna núa. Acaríñolle a cara, ela busca os meus dedos coa boca. Cólloa polo pelo e achégoa até nós. Bicámonos, os tres, mentres o señor traballa sen cesar, sen sequera cruzar palabra. A enfermeira lambe primeiro os meus tetos, logo os da rapariga. As nosas mans responden ao agarimo percorrendo as enormes tetas da muller, mamilas amplas, pel sedosa, carácter maternal... Xogamos ás agochadas entre eses vales, coroamos os seus picos cos dedos entrelazados, sempre baixo o run-run co que traballa o home. As miñas mans, curiosas de nacemento, deciden explorar lonxe desas terras. Avanzo lentamente polas suadas costas mentres noto como ela baixa a cabeza e busca coa boca a ferida da nena. Esta, agora sobe e baixa amodiño, mentres se arquea para lle facer sitio á ansiosa lingua da súa breve nai. Cando chego ao seu extenso e firme cu, rozo sen querer a man do patrón, que está a facer unha presa rabiosa nese mar de carne como se dun pitbull se tratase. Apártame dun forte hostiazo; mariconadas as xustas. Decido non tentar a miña sorte de novo e volvo á casa despois desa breve expedición.

Un intre despois, a intensidade do meneo redóbrase, o forte home come-

za a berrar mentres nos vai acantoando cada vez máis contra a esquina co turrar da súa monta poderosa. Noto como a doce rapariga comeza a tremer alcanzando o seu primeiro e último orgasmo. Cando o meu chega, saio da xove e meto a picha na boca da enfermeira, a cal leva xa uns bos cinco minutos berrando de puro éxtase ante a brutal malleira que está a levar. Córrome como se fose morrer, é a mellor maneira de correrse, facédeme caso. Ela traga, famenta, o que será a súa última comida.

—Cando abandono a fantasía os tres quedan abrazados, durmindo; felices. Eu fuxo, son un covarde. Non quero morrer. Unha tremenda explosión resoa ao lonxe.

—...

—Os pallasos de clase non che son o tipo de xente que dá a cara. Ademais, isto é unha fantasía erótica, a morte non me pon, pero nadiña. Tan rariño *aínda* non son.

—...

—Si, xa rematei... non tiñas por que dicilo con ese «tonito». Se querías duración, pediras un pesadelo no canto dunha palla.

—...

—Nada, nada, o pracer é meu. Agora que liches isto, xa me podes chamar Botana con todas as da lei. (chiscadela, chiscadela)

Alba ao descubrir que Michael Kiske fai playback

Despois de vencer dúas roldas de combate en filoloxía, Alba Rozas Arceo voga desde hai tres anos nos mares escuros e bravos dun doutoramento sobre mapas e literatura, para alumear e asaltar, de cando en vez, as súas propias illas, agardando atopalas cheas de fantásticos perigos e épicos tesouros.

A Dama do Corazón Negro

por

Alba Rozas Arceo

Non sei canto tempo botei estomballado en medio da senda. Deberon de ser os tronos os que me devolveron o siso ou, se cadra, a humidade da faísca contra a carne. De socato, como o aloumiño dunha silveira, acadoume o tizón do brazo en carne viva. Quixen coller ar e daquela sentín o sabor da lama entre os beizos. O estómago encolléuseme dunha arcada. Tusín, cuspín e rinchei os dentes até que conseguín erguer o rostro. O resplandor dun lóstrego acendeu unha charamela de acordanza baixo as miñas pálpebras. Botei as mans á cara antes de ousar abrir os ollos.

Ficaba a poucos pasos diante de min, tendida sobre un penedo inmenso, co ventre partido sobre o bico. Grosos fíos de sangue engulían a brancura dos seus brazos estarricados. Co retumbar do trono, o negror da noite anegou a estampa.

Tratei de me erguer, mais apoderouse das miñas pernas un tremor incontrolábel. Unha cadea de alustros avivou a prata da machada afundida no seu peito. O fluxo vermello escorregaba como unha gargantilla de rubís arredor do seu pescozo. Anacos da longa cabeleira, sometida ao embate dos refachos enguedellábanse en torno ás súas fazulas ocultando parte da boca e do nariz. Tiña a face volta cara a min. A súa mirada de xeo sacudiume o lombo. Resistín o impulso de correr cara a cima do cantil e precipitarme do outro lado, o resplandor neboento daquel ollar deixárame ancorado ao chan. Estaba cega, non había dúbida, mais sabía que eu estaba alí, testemuña do seu derradeiro alento.

Contemplei os seus beizos ensancharse até compoñer un sorriso. Naquel momento só era consciente dos latexos cada vez máis acelerados do corazón, retumbando con forza contra as tempas.

Estralaron varios tronos sobre as nosas cabezas. Tan pronto cesou o estrondo, as súas palabras racharon o murmurio acompasado da chuvisca.

—Acabouse, meu nobre guerreiro, acabouse.

Contiven a respiración. Incapaz de responder, repararei na pel de galiña do meu brazo indemne e mais nos azoutes do vento entre as rochas. Enxerguei as súas longas pernas, recubertas de coiro negro, pendurando inermes sobre o baleiro. Por un intre, a estampa que tiña ante min figuróuseme un pesadelo alleo: a crueldade pintada nun lenzo. Mais o pouso desa ilusión inconsistente só ventaba a inminencia da fin. Ela sabíao.

—Non teimes na dó, meu nobre guerreiro —balbuciu. Non había traza de sufrimento ou amargura na súa voz. Devagar, fun percibindo a calor abrasadora das bágoas ao me percorrer as fazulas. O vendaval arrincaba ouleos cada vez máis fortes ás penas. De súpeto, regalou os ollos escuros. Sentín un arrepío cando bruou.

—Agora tes que marchar! Xa veñen!

O ruído xordo do ar alzouse sobre os tronos, revelando a súa verdadeira natureza. Non había tempo. Estaban a chegar. Debía fuxir axiña se quería salvar a vida, mais estaba prendido daquela face. Ela sospeitábao. Canda o escintilar dun lóstrego sobre o seu corpo ferido, abalou un brazo. Foi o último que lle vin facer. Apenas levantou o pulso apuntando cara a min coa súa man aberta. Varias pingas de sangue enchouparon a terra. Debeu murmurar un esconxuro, mais eu xa non era quen de sentir ren. Tampouco podía ouvir nada, nin ver alén daquela mirada escura, opaca de humanidade, translúcida de morte.

***

Poucos coñecían daquela a dama do corazón negro. Nin contos, nin lendas, nin murmuracións podían dar conta aproximada da realidade. E, de entre todos os mortais, eu era quen menos sabía.

Escoitara falar por primeira vez dela durante o fragor da batalla polo dominio de Maeloc. Aquel atardecer memorábel dúas ducias de soldados rebeldes lograramos derrotar os feiticeiros máis poderosos da Terra. Porén, o prezo a pagar por tan inimaxinábel fazaña fora demasiado elevado. Ao caer o último dos nosos inimigos, aínda ben non ergueramos as armas para celebrar a vitoria, o facheiro do horizonte verteuse sobre o inmenso areal que se estendía en torno ás murallas da cidadela, iluminando un novo perigo. Innumerábeis hordas de lobernos procedentes de Otán, irromperan no campo de batalla. Ceibando bruídos espantosos, as feras avanzaran a toda velocidade cara a nós. Nun intento desesperado de facer fronte ao inimigo, a raíña Noreida, fouciño en man, convocara cun alarido os superviventes. Formaramos unha fileira diante dos altos muros, agardando o embate dos xigantescos raposos salpicados de sangue. A derrota era segura. Xa eramos quen de distinguir as poderosas fouces abertas, cando un estrondo colosal resoou ás nosas costas. O chan dera en tremer. Co latexar do corazón nas tempas, eu non puidera evitar mirar de esguello un segundo cara aos muros. Entón, fora quen de dexergar o groso do noso exército cruzando os portóns de ferro que permitían a entrada ao castelo, cara ao combate. As tropas aturraron detrás nosa cunha soa voz:

—Á raíña!

Despois de unírmonos a aquel berro, posuídos por una renovada esperanza, lanzarámonos sobre os monstros. Mais o destino de Maeloc quedara sentenciado cos últimos raios daquel solpor funesto. O rei de Otán aparecera de socate no medio do areal, dacabalo dunha das bestas, para se precipitar sobre a raíña. Nunca esquecería ese momento. Eu fora dos poucos que se lograra repregar en torno ela, o primeiro en ver chegar aquela mole escura de traza humana. A brava Noreida, tan pronto o albiscara, lanzárase contra el e, dunha soa arremetida, fixera retroceder a montura. Mentres trataba de atravesar a testa do loberno, o rei erguía a machada sobre a súa cabeza.

Fora ao contemplar o resplandor cincento da folla tan próximo, cando eu esquecera os monstros que estaban a piques de nos devorar. Obedecendo un impulso instintivo, guindara o meu martelo contra o monarca. Mais a arma esnaquizárase ao bater co gume daquela brosa, sen conseguir sequera retardar a súa traxectoria. Varios berros de desesperación estalaron ao mesmo tempo. Noreida viña de fender a gorxa da besta e, ao sentir o estrépito, retrocedera axiña. No entanto, fora tarde demais. A folla negra descendera bordeando o seu rostro até afundírselle na brandura do pescozo. Cos ollos arredondados de asombro, a raíña perdera o equilibrio e comezara a caer de costas. Eu botara a correr cara a ela e, por pouco, conseguira evitar que se estampase contra o chan.

Dous compañeiros meus adiantáranse para loitar contra o rei. Aquela criatura inmensa acababa de tomar terra diante nosa e volvía alzar a arma, disposto a acabar con todas as vidas interpostas entre a súa e a de Noreida. A raíña, a punto de perder o senso, agarrárase aos meus ombreiros para contemplar como os camaradas caían tronzados, sen ofreceren máis resistencia á machada do rei que dous monllos de herba seca. Eramos os seguintes. Desarmado e impotente, contemplaba unha vez máis como o fío negro resplandecía por riba das nosas cabezas. Pero daquela, un bruído estarrecedor estoupara ás miñas costas.

—Noreida!

Recordo que tremera co son daquela voz rexa. Cando volteara o rostro, o fulgor da súa armadura cegárame. Non obstante, puidera percibir os contornos da súa silueta, avanzando con paso firme até se interpor entre nós e o rei. Durante un intre só fora capaz de distinguir a súa longa cabeleira dourada mais, de a pouco, o xustillo de metal enxergado na carne perfilárase tamén ante min. Aquela foi a primeira vez que tiven preto a gardiá da fortaleza.

—Lisca!

As súas verbas retumbaran como un trono no meu caletre. Eu quería obedecer, mais era imposíbel. Noreida fechara os ollos. Unha serie interminábel de convulsións comezara a sacudir o seu corpo. Tivera que me pór de xeonllos para non a soltar. Agoniante, a raíña apertárame contra si até que as nosas fazulas se tocaron. Non me podía mover do sitio, con tanta forza me apresara.

—Lisca! —volvera repetir a guerreira—. Lisca agora mesmo e gañarás un intre de vida antes de que remate contigo! —quedei paralizado de asombro ao me decatar de que a súa orde ía dirixida ao rei.

Abaneáranme as pernas ante a imperiosidade daquel ton. A gardiá alzara o fouciño por riba da cabeza. Entón, escoitei o murmurio entrecortado de Noreida na orella.

—É o momento, Bertrán! Debedes ir a Otán! Tedes que lle

arrincar a luz das ánimas ao rei Marvin e espertar a dama do corazón negro! Maeloc non caerá mentres ela viva! —empezara a tusir. Eu podía sentir a calor do seu sangue escorregando sobre o meu propio rostro—. Vai coa guerreira de peitos de prata... Cumpride a derradeira vontade da vosa raíña... —volvera interromperse para cuspir. Era tan consciente coma min de que a vida a estaba a abandonar. Non obstante, aproveitando o seu último alento, tratara de erguer a súa cabeza sobre a miña e ceibara un berro antes de afogar no seu propio sangue.

—Áine!

***

A primeira vez que a vin coidei que estaba morta. Levaba máis dunha semana vagando só polos escarpados cantís de Otán cando albisquei o escintilar prateado. Tiña que ser un soño. De seguro, a debilitación a conta da fame e o cansazo estaba a me xogar unha mala pasada. Fechei as pálpebras con forza. As verbas da guerreira de peitos de prata resoaron na negrura do meu maxín.

—Debes atopar o corazón dos beirís do reino hostil. A cova cunha lagoa de auga salgada. Alí, a antiga gardiá de Maeloc espera.

Sentín o latexar do corazón na gorxa. Por fin ousei abrir os ollos e, daquela, o líquido callado entre as pedras resplandeceu como a nácara. Agardei un intre na entrada da espenuca. As paredes de granito descendían abruptamente desde o pico do teito, deixando apenas un recuncho a ambos os lados da superficie aceirada. Os bicos afiados das pedras sobresaían do chan e das paredes por todas as partes.

Antes de me atrever a entrar na caverna, un ardor súbito no peito deixoume sen respiración. Aquel tiña que ser, sen dúbida, o núcleo espiñento dos acantilados de Otán, mais non había ninguén agardando nel. Sen folgos, caín de xeonllos ao bordo da lagoa. Nin sequera sentín a mordedura das afiadas rochas ao golpear a terra cos puños. Berrei de carraxe e os penedos só devolveron o eco da miña desesperación. Varios anacos de rocha caeron sobre a lagoa sen provocar unha onda. Abraiado, fitei as augas. A extensión averdada podía ter, como moito, dous metros de longo. Semellaba pouco profunda, malia que unha gran mancha escura non deixaba distinguir o solo. Aquela sombra removíase sen tregua, ensanchando e achicando arredor da figura dunha muller. Un calafrío percorreume o lombo. Erguinme e retrocedín varios pasos sen poder controlar o tremor das pernas. Apoiei o brazo contra a parede de rocha, tratando de calmar a miña respiración axitada mentres volvía botar unha ollada.

Afundida no medio da lagoa, a delgada silueta da moza relucía imperturbábel. Unha longa cabeleira dourada, a modo de colosal coroa, arrodeaba a súa cabeza. Nun primeiro momento, os trazos doces do rostro evocáronme o recordo de alguén próximo que non souben identificar. Tiña os ollos fechados. A brancura da face, do ventre e dos brazos contrastaba co coiro negro do apertador. As botas coruscaban, igual que o groso fío de prata que lle colgaba do pescozo. Entón fun quen de distinguir, no centro do peito, o corazón de turmalina suxeito ao colgante.

Quedei sen alento. Era certo. Alí, diante miña, xacía a dama do corazón negro.

***

—A dama do corazón negro era coñecida como a todopoderosa gardiá de Maeloc, antes de min —chantoume con aquel vigoroso murmurio. A luz do lume fixo coruscar a prata do seu peito cando me mirou.

Despois de acadar as primeiras árbores, a canda os últimos raios de sol, tendérase no chan mentres eu recollía pólas e follas caídas de entre as pedras para prender unha pequena cacharela. Deitada sobre xabre e uns poucos fentos, remexérase até ficar apoiada nun ombreiro, coa cabeza pousada nun tronco seco. Naquela postura o metal tiña que se lle enxertar dolorosamente nas costelas ou, se cadra, estaba afeita, porque ningún queixume saíu dos seus beizos. Unha vez conseguín acender a fogueira, tombeime eu tamén, do outro lado das lapas, mirando o ceo.

—O rei de Otán feriu a raíña Noreida. A brava esvaeceuse entre os meus brazos! —apertei os puños e arreeille unha patada ao chan—. E agora levamos tres días vagando polas súas terras sen armas, sen conseguir dar con el e sen facer nada para evitar que as bestas sigan a arrasar coa nosa xente! —encareina, rinchando os dentes—. E que pode facer por nós esa guerreira doutro tempo? Por que a habemos revivir a ela e non á nosa raíña? Non entendo ren... Que pode facer ela por Maeloc que non poidas facer ti, a afamada guerreira de peitos de prata? Para que precisas a axuda dun soldado nesta misión?

Cuspín para me obrigar a calar. Fora demasiado lonxe, a fin de contas eu debía cumprir a última vontade da raíña e as miñas palabras ben podían ser consideradas desacato. Temín a represalia da gardiá, un mínimo movemento, unha fouce asucando as lapas para se chantar incandescente no meu peito. Adiantei unha man cara ao cinto na procura do martelo, mais os meus dedos só atoparon a cadea de prata que o sostiña, pois quedara desarmado tras a batalla. Ela deixou escapar unha risada. Fiquei inmóbil, agardando o ataque, porén, nada se moveu.

Todo o contrario, a guerreira limitouse a arquear as cellas e, despois, para vergoña e alivio meu, sorriu.

—A impetuosidade do soldado non vai contribuír aos designios da defunta raíña —non ousei refutar—. Cando todo remate, serás ti, Bertrán de Maeloc, quen coñeza mellor, de entre os seres humanos, a dama do corazón negro —o xeo daqueles iris escaldaba—. Mais podo comprender as túas reticencias. Non parece lícito que o soldado encargado de liberar a antiga gardiá descoñeza a súa historia.

Gardei silencio sen apartar a mirada, decidido a escoitar todo canto quixese dicir.

—Contan que o monarca do reino hostil ameazou con pór fin á liñaxe real de Maeloc, tras tantos anos de loita, pola traizón que lle deu o nome de dama do corazón negro —aventurou—. Ela e o rei de Otán eran amantes —ao descifrar o meu aceno de desconcerto, deixou escapar unha outra risada estarrecedora. Cravei as unllas na terra para evitar remexerme.

—Moitas historias corren ao longo e ao largo desta terra sobre as encarnizadas loitas que librou Marvin, o monarca do reino salvaxe, para incrementar o seu poder e estender os seus dominios. Mais só as contadas polos superviventes dan conta da verdade dos feitos —apuntou cun asubío—. A miña é unha delas —colocouse boca arriba e respirou fondamente.

—Naqueles tempos, os asentamentos de homes e rabenos non deixaban de minguar en Otán a conta da devastación sementada polos lobernos. En cada un dos seus ataques, as feras levaban todo a eito, sen distinguir lindeiro nin raza. O rei Marvin buscaba o xeito de fortalecer os seus. Semellante situación favoreceu que os gobernantes dos catro reinos apoiasen o monarca, sen ousar cuestionar as súas medidas, pois a prioridade era preservar da devastación os demais territorios e garantir a vida dos súbditos. Así foi como, escarvando entre a enfermidade e a devastación, o monarca descubriu en Otán un poder descoñecido até entón.

—A luz das ánimas —gaguexei. Un estremecemento percorreume o corpo de pés a cabeza. Ela asentiu lentamente, cos beizos apertados.

—Marvin arrincou o fulgor da vida do colo dos mortos para se converter no deus do noso tempo. E só a dama do corazón negro sería quen de lle facer fronte.

O xustillo rinchou con estrépito ao rozar contra a pedra. A guerreira viña de afundir a mirada nas lapas.

—Nun primeiro momento, Marvin non foi consciente do alcance daquela forza e pediu aos demais reis que enviasen a Otán bruxas, meigas, curandeiros e toda caste de esconxuradores. Foi así como, no malfadado reino, xurdiron os feiticeiros máis poderosos da terra, os valuros, capaces de exercer a súa influencia sobre os espíritos do alén. Pero cando o monarca conseguiu descubrir cal era o alcance daquela maxia, ha!, todos fuxiron espantados. Despois diso, era cuestión de tempo que, un a un, os reinos da Alteria fosen caendo baixo o xugo do rei, pois, que ser non había de sucumbir a quen ten dominio sobre a vida?

—E como soubo...? —interrompín a miña pregunta ao volver dar de cheo coa friaxe da súa mirada.

—Foi grazas á dama do corazón negro que descubriu aquel poder —respondeu cun medio sorriso—. Maeloc, por lindar con Otán, estaba condenado a ser o primeiro territorio en caer. As desfeitas comezaron a se suceder no estremeiro do reino, onde os valuros experimentaban coa nova maxia sen reparos. Mais a gardiá da fortaleza, que aínda non se convertera na dama do corazón negro, estaba disposta a acabar con aquela devastación. Cada un dos moradores de Maeloc, tanto tiña se era home ou muller, meniño ou adulto, escoitara falar dela, mais ningún deles sabería dar conta da súa encomenda. Afeita á soidade e á loita, Ainé, que así se chamaba, cumpría coa obriga de acabar coas hordas de monstros e salteadores doutras terras que atacaban os lindeiros das nosas. Adoitaba ficar afastada dos castros, procurando o acubillo das árbores e as espenucas dos montes, mais a meirande parte das xentes xuraban que a viran algunha vez, na escuridade da noite, alzando o seu fouciño contra unha manda de lobernos, sacando dos nosos dominios as máis estrañas e perigosas criaturas a forza de esconxuros. Deostada entre os feiticeiros por se rebaixar a usar armas, os soldados e o resto dos poboadores do reino venerábana en segredo, se cadra, máis que á raíña.

As súas verbas deixaron paso ao azoute impetuoso do vento entre as rochas. A guerreira de peitos de prata espreitaba por riba das miñas costas, cos ollos entornados. Quixen revirarme, mais ela retomou a historia antes de que puidese mover un músculo.

—Ao albiscar que a destrución dos lobernos ameazaba o seu pobo, Ainé acudiu á chamada do rei de Otán —suspirou e volveu mirar para min—. Non obstante, cando descubriu cal era a fonte do seu novo poder, esixiulle ao rei que abandonase os seus propósitos. Mesmo lle ofreceu a súa axuda para facer fronte ás feras, mais axiña percibiu a desesperación callada en Marvin. O rei estaba decidido a recorrer ás forzas do alén para someter tanto os lobernos como as criaturas dos demais reinos. Entón, Ainé colocoulle o fouciño debaixo da gorxa, para lle xurar que Maeloc non caería mentres ela vivise.

***

Non sabería dicir canto tempo fiquei inmóbil, contemplando a súa figura afundida naquel nicho de verdor. Pretendía acalmar a morea de temores e dúbidas que rebulía no meu caletre, mais era un esforzo inútil. O meu único propósito era espertala, fose como for. Se cadra bastaba con afundir un pé na lagoa ou, quizais, era necesario apalpala. Sentín un arreguizo coa soa idea. Indeciso, acariñei coas puntas dos dedos a chaira aceirada. As augas comezaron a ondular e daquela souben o que había de facer. Con mans trémulas desatei a cadea de prata que levaba no cinto e metinme na lagoa.

A aperta húmida das ondas arrastroume cara a ela. Con moito tino de non nos bater, comecei a lle amarrar os pulsos por detrás do pálido ventre. Tal como agardaba, a dama do corazón negro non se moveu. Ao que rematei quedei varado, fitando outra vez o seu rostro. Os seus trazos querían evocar os de alguén próximo... Arredor da fronte encaracolábanse as longas guedellas louras. Era fermosa...

—Ainé!

Non fun dono do murmurio que escapou dos meus beizos. Tampouco gobernaba os movementos da man que adiantei para acariñar a súa lívida fazula. Nin sequera me inmutei cando os seus grandes ollos escuros se abriron, en resposta á chamada, para imprimir a súa gravidade candente na miña alma.

Foi co sorbedoiro desencadeado, tras o espertar da gardiá, que recuperei a vontade. O ímpeto da corrente arrastroume de socate cara ás profundidades, ripándome o ar, refreando cada un dos meus esforzos por rachar a superficie. Anubróuseme a vista. As augas resistíanse á liberación da dama e as miñas forzas non chegaban para librar aquela batalla. Esvaecía ao seu carón, incapaz de dar máis pancadas. A lama comezou a engulir as miñas pernas. Desesperado, aferreime ao busto inamovíbel da gardiá e, co derradeiro pulo que garante o presentimento da fin, empurrei.

***

—Tan pronto a gardiá saíu do castelo, o rei, asombrado e alporizado por tamaña ousadía, ordenou ás súas hordas que arrasasen Maeloc. Mais o xuramento dela non fora en van. Do outro lado das murallas agardábana os valuros, dispostos para a batalla. Un crecente temor leváraos a apoiar o levantamento da única feiticeira capaz de alzar a súa determinación contra a do rei —apenas puiden percibir unha lene vacilación no ton da súa voz—. Foi unha contenda descomunal. Feitizos contra fouces. Carne contra espíritos. O abrente deu co castelo de Otán afundido nunha lameira inmensa que compuñan os restos dos caídos. De entre o bulleiro, nada máis sobresaía a torre cabaleira na que aínda se abeira hoxe en día o seu rei. Ese amencer, de xeonllos diante do trono e arrodeado de feiticeiros, Marvin cedeu ante o fouciño da gardiá.

—Pero entón...? —no rostro da guerreira debuxouse un triste sorriso.

—O monarca obtivo a piedade de Ainé. Mais os valuros, aproveitando o sometemento do rei, quixeron apoderarse da luz das ánimas, co pretexto de resucitar os seus mortos. Ao se decatar das súas intencións, Ainé defendeu a vida e a prezada posesión do rei Marvin. Ambos os dous conseguiron fuxir cara á costa e, na cima destes mesmos cantís, loitaron contra os seus perseguidores. O monarca venceu, mais a costa da vida dela, que caeu dun machadazo, tronzada polo peito. Preso de anguria, Marvin convocou os espíritos dos vivos, liberando todo o poder da luz das ánimas, até traer de volta a Ainé.

—Non entendo, se volveu á vida, como acadou o alcume de dama do corazón negro?

Durante un bo anaco só se sentiron os estalidos das pólas queimadas. A guerreira incorporouse e achegou as mans ao lume antes de responder.

—A raíz daquela ousadía, Marvin namorouse de Ainé e foi correspondido. O rei dirixiu a furia dos seus lobernos na procura dos valuros fuxidos. Malia que continuou a protexer o reino de Maeloc, Ainé non interferiu no seu prurito de vinganza, nin tampouco se alzou contra as ansias de conquista derivadas del. Era sabido que todas as noites ascendía á torre de Otán para se reunir con Marvin e o monarca nunca ousou atacala. Ela amábao, a pesar do horror que ía medrando dentro del día a día, chuchándolle a humanidade. Foi por iso que gañou o alcume de dama do corazón negro. Aínda así ninguén ousou pór en dúbida a súa lealdade, nin tan só a raíña, xa que as fronteiras de Maeloc continuaron resistindo os embates de Marvin... Até o momento.

Un aplauso escachou ás miñas costas interrompendo o relato.

—Fermosa... Fermosísima historia!

O azoute do vento que seguiu a aquel bruído apagou a fogueira. Erguinme deseguida.

***

Ateina ao carballo máis próximo. O seu mirar escuro breábame como o cravuñar dunha gadaña. Cando rematei de anoar a cadea ao toro encareina, mais ela seguiu sen abrir a boca. Preso dunha rabia inmensa, estampei un puño contra a madeira, preto do seu rostro. Ela só pestanexou. Quedei sen alento ante a súa expresión inmutábel. Coa man aínda apoiada na árbore, fechei os ollos e tratei de recobrar a respiración. A miña cabeza abalou até bater contra a súa fronte. Ningún dos dous se moveu. De socate, lembrei como, despois de escachar o mortal valado de humidade que era o seu cárcere, mentres a sostiña nos brazos, a dama do corazón negro cerrara tamén os ollos, aproveitando para se recrear nas primeiras bocaladas, até saírmos da cova. Un relustro de prata esgazou a imaxe e sentín a calor das bágoas a piques de me abrasar a face.

—A guerreira de peitos de prata... A gardiá de Maeloc... acaba de... —balbucín, sen poder reprimir un laio—. A gardiá de Maeloc vén de caer, presa do rei Marvin. A raíña de Maeloc, Noreida a brava, tamén sucumbiu ao monarca maldito antes ca ela. A última vontade de ambas as dúas era espertar a dama do corazón negro para que faga valer o seu xuramento —logrei gaguexar.

Gardou silencio un longo intre. Non puiden evitar apartarme e abrir os ollos. A pel pálida da súa cara fulgurou co luar como se fose lata. Logo de se recrear no meu xesto de impaciencia, sorriu.

—Así que, finalmente, a todopoderosa gardiá de Maeloc foi vencida —chantoume cun murmurio retranqueiro—. E agora dime, meu nobre guerreiro, que pretendes que eu faga?

***

Un áspero rumor de pisadas medraba ás miñas costas. Sen pensar, botei as mans ao cinto, arrinquei a cadea e agardei, disposto para o combate. As tebras arremuiñábase ao meu redor. Só era quen de distinguir, cos ollos entornados, o feble escintilar do xustillo en fronte de min. As súas vagarosas oscilacións, arriba e abaixo, acompasaban o bater do meu corazón. Durante un lapso de tempo interminábel, fiquei inmóbil, advertindo como o nimbo glacial daquela presenza ía crecendo. O silencio rematou de engulir a distancia. Se cadra non se volvería presentar outra oportunidade. Sentín a suor fría escorregar pola fronte.

—Nooon!

O bramido da guerreira cuarteou a quietude cando virei co brazo en alto. Non cheguei a asestar o golpe. Quedei teso no sitio, esporeado por dentro. A presión dunha lanza invisíbel estrullábame a alma. Cegoume a dor. Non podía respirar. Soltei a cadea, bradei, cuspín e rabuñei o peito até sangrar, tentando liberarme. Necesitaba deter aquela infinda agonía. Quería morrer.

—Bertrán!

A través do chío estarrecedor que reverberaba no meu caletre, case non fun quen de sentir o seu rexo murmurio. E de socate todo cesou. Conforme ía recuperando o alento, os seus contornos cobraban forma ante os meus ollos. Dexerguei o roibén do seu cabelo, mais o intenso resplandor do peito non me deixaba distinguir o seu rostro. Quixen apalpar o xustillo coas miñas mans trementes, pero ao ousar adiantarme, unha presión áspera e fría arredor do meu pescozo devolveume o recordo do suplicio recente. Fiquei inmóbil, agardando sucumbir de novo á demencia.

—Non debiches! —chistou a gardiá. Nun primeiro momento, coidei que a súa reclamación ía dirixida a min e non souben responder—. Xuraches non volver empregar a maxia do alén contra ningún ser humano!

Mirei de esguello e temín morrer ao distinguir a lívida face do rei a carón da miña. Ignorando o brazo co que me prendera, fun quen de me manter firme mentres reparaba nel. A figura titánica do monarca resplandecía coa cor escura do sangue callado. Desprovisto de armadura, envolto nunha capa castaña e co peito descuberto, Marvin sostiña unha machada na man libre. Con cada lixeiro movemento, as escamas cincentas da pel estarricábanselle arredor dos ósos. Invadiume o horror ao contemplar, entre as longas guedellas negras, as cuncas dos ollos baleiras. Custaba crer que algunha vez fora humano.

A gardiá alzou o brazo libre cara a min. Comecei a me remexer con desesperación, mais a forza de Marvin era irresistíbel. Ía berrar cando, de socate, reparei na estraña expresión do seu rostro. O monarca soltara a arma e rinchaba os dentes.

—A que esperas? Mátame dunha vez! —o berro escachoume nos ouvidos e revolveume as entrañas. Marvin ceibou unha gargallada—. Que pasa? Ah! Non deberías investir forzas protexendo o teu súbdito dos meus esconxuros —engadiu con sorna—. De calquera maneira, acabarei con el e logo contigo. Non haberá máis amencer para vós nesta terra!

Fiquei varado cos ollos cravados no fulgor da prata. Aos poucos, a luz desprendeuse do seu busto e a face da guerreira foi de novo visíbel. Tiña un brazo estendido. Entre os dedos da súa man fervía unha perla. Quixen esculcar o xesto de Marvin, mais non puiden apartar a mirada da luz.

—Non serei eu Marvin! —cuspiu a guerreira, co rostro refulxindo de determinación—. El vivirá e será ela quen acabe contigo. A dama do corazón negro espertará e cumprirá o seu xuramento. Maeloc nunca caerá mentres ela viva!

Por toda resposta, o rei ergueu a machada e acariñoume o pescozo coa folla. Insensíbel ao contacto do metal, non cheguei a cavilar na morte inminente, só atendín á voz dela.

—Debes atopar o corazón dos beirís do reino hostil. A cova cunha lagoa de auga salgada. Alí, a antiga gardiá de Maeloc espera e ha ter conta dos designios do seu liberador. Busca o seu brillo anacarado!

O lume branco desapareceu de golpe cando a guerreira saíu correndo cara ao cumio do cantil.

—Noooon! —o ganido perforoume o siso.

Marvin soltoume e caín de xeonllos cos ollos cheos de bágoas. Con certa dificultade, fun quen de contemplar como o monarca alancaba tras os pasos da gardiá. Porén, era demasiado tarde. A guerreira precipitouse polo bordo do acantilado antes de que Marvin conseguise alcanzala. O rei lanzou a machada ao baleiro, botou as mans á cabeza e ceibou outro bruído estarrecedor antes de fundirse coa noite.

—Áine!

***

Fiteina uns segundos sen entender.

—Que cumpras o teu xuramento —contestei por fin—. Maeloc non debe caer mentres vivas!

—Iso non responde á miña pregunta —insistiu. Envelenado, cuspín e arreeille outra puñada ao carballo. Tampouco desta vez rebuliu.

—A raíña Noreida foi asasinada! —bradei—. A guerreira de peitos de prata desapareceu! Maeloc fica sen estirpe real e sen protección contra as hostes de lobernos do rei Marvin! Se es a antiga gardiá non teño nada que che explicar! Hai que acabar co rei maldito! Hai que lle arrincar a luz das ánimas e revivir... —a imaxe do xustillo de metal atravesoume o maxín como un raio, dubidei un segundo e crebóuseme a voz—. Hai que revivir a Noreida! O reino debe recuperar a súa raíña e coa axuda da antiga gardiá rematar coa ameaza de Marvin!

Continuou imperturbábel. Fiteina un bo anaco en silencio, decidido a agardar que respondese. Non obstante, non empezou a falar até que recuperei a calma.

—Ben, meu nobre guerreiro, non debe ser doado, para aqueles que confiades a vosa supervivencia ás armas, cavilar nas limitacións dun poder tan gorentoso como o de vencer a morte —quixen retrucar, mais ela negou coa cabeza—. Non é un reproche, meu nobre guerreiro. Nin o rei Marvin nin os valuros tiñan unha idea cabal do alcance da luz das ánimas cando foi descuberta. É obriga miña informarte de que as forzas do alén teñen os seus caprichos. En concreto, a luz das ánimas só pode ser empregada, a moi alto custe, cun único ser vivo. E xa foi empregada, como ben sabían a raíña Noreida e a guerreira de peitos de prata, en min.

Abrín a boca, mais as verbas ficaron esgazadas na gorxa. Non podía ser. Deille as costas. Non era quen de asumir aquilo. Tiven que apoiar ambas as dúas mans no torso da árbore para non caer.

Cravei os ollos no escintilar da cadea.

—Daquela... está todo perdido... todos os nosos esforzos... foron en van... —farfallei—. Non pode ser! Quedamos sen raíña! Maeloc perdeuse!

Posuído pola desesperación, non fun quen de reaccionar cando ollei o fío de metal escorregar entre as estelas da madeira. Tampouco ousei moverme ou dicir ren ao ver como a dama do corazón negro estendía a man aberta, coa prata pendurada entre os dedos.

—Fermosísimo colar —murmurou, colocándose ao meu carón e fulminándome co seu mirar escuro—. E agora dime, como chegaches a min, soldado? —inerme e derrotado, non puiden resistir a imperiosidade daquel ton.

***

Eu encabecei, de casualidade, o batallón de soldados que foran chamados á rebelión contra o consello de valuros de Maeloc. Eramos unha ducia, insuficientes para enfrontar os feiticeiros máis poderosos da terra. Moitos dos nosos, a pesar de estaren presentes, renunciaran ao levantamento, convencidos da imposibilidade xa non de acadar a vitoria, senón de preservar a vida. Tiñan bo siso. O mesmo deberon pensar aquel fato de monicreques, refugallo de deuses, incapaces de sospeitar, en todos os seus anos de esconxuros e pregóns, que a insurrección dunha sería suficiente para os conducir a todos á morte.

Antes da batalla no areal, os valuros amosaron as súas ansias de poder sen necesidade de botar man ás armas. Ao acubillo da madrugada, os traidores arrincaron do sono os monarcas, que foron apresados nada máis abandonar a calor das sabas e conducidos cara ás portas do castelo. Viñan de pactar a rendición de Maeloc ao rei maldito, a cambio de se facer coa luz das ánimas.

Mentres todos os habitantes da cidadela durmían, eu e mais uns poucos camaradas arrombabamos as cortes. Soubemos que algo estaba a pasar cando albiscamos a impoñente figura da guerreira de peitos de prata camiñando polo adarve. Alta e delgada, cada vez que o metal do torso devolvía o resplandor do luar, semellaba un anaco de estrela arrincada do ceo. Era a primeira vez que a vía facer o camiño de rolda.

Vina pasar varias veces sobre o portón para esculcar as torres da fortaleza. O vento enguedellaba a súa longa cabeleira loura e o xustillo chispeaba. Sen reparar na miña presenza, detívose de repente na amea que quedaba por riba de onde eu estaba.

—Aí veñen! —a súa voz non foi máis que un seseo tronzado pola ventada.

Seguín a dirección dos seus ollos e daquela enxerguei a fileira de mantos escuros, avanzando impunemente polo carreiro de pedra que serpeaba entre as casas. A raíña camiñaba á cabeza, coas mans encadeadas. Detrás dela, os doce valuros arrastraban, apreixado con cordas, o corpo do rei Hogán.

—Agora xa sabemos como lograron que se rendese —o murmurio da guerreira apenas chegou aos meus oídos. Eu fiteina e crin distinguir un amargo sorriso na súa face—. A vida dela pola do rei.

Volvín mirar a comitiva mentres avanzaba dereita cara ao portón e fiquei horrorizado ao comprobar que Hogán, reducido a un vulto inerme, ía deixando tras de si un rastro de sangue. Procurei a silueta da guerreira por riba de min, mais xa non había ninguén na atalaia. A man, enchoupada en suor, esvaroume ao agarrar a empuñadura da espada. Sen ousar facer ruído, parapeteime detrás dunha columna de madeira e agardei a que os valuros acadasen a entrada da cidadela.

Tan pronto chegaron, fun quen de distinguir, desde a miña posición, a face descomposta de Noreida e as feridas abertas nos seus brazos. Os escasos panos de liño, que lle cubrían o torso e as pernas constituían a mostra irrefutábel do inminente ataque. Notei como se me ía poñendo a pel de galiña e o sangue comezaba a me ferver nas veas.

Un dos valuros, de anchos ombreiros e longa barba negra, adiantou os seus compañeiros para se situar ante as grandes portas. Despois de baixar a capucha coa que ocultaba o rostro, aquela escoura levantou as mans e bruou unha orde. Durante uns segundos, sentín o renxer das dúas grosas follas de ferro facendo tremer a pedra. Respirei con dificultade, temendo a apertura, mais a lene vibración da muralla cesou case ao momento, sen que nada se movese. Non puiden evitar sorrir cando o valuro alzou o rostro e comezou a berregar con desesperación, acenando cos brazos cara ao muro, co mesmo resultado. Varios dos seus compañeiros correron ao seu lado para imitar aquela estraña danza. Atendendo como estaban a desatoar a única saída, ningún deles reparou no sorriso de esperanza da raíña, agás a muller que turraba das súas cadeas. Ao contemplar a face alegre de Noreida, lanzou un berro de advertencia aos compañeiros.

—Está aquí! Está aquí! Tede coidado!

A valuro colocaba a man aberta, ameazante, diante do rostro da raíña. Mais non tivo tempo de atacar. Imitando o escachar dun cento de tronos, as grandes portas de ferro rincharon antes de abrirse cara a dentro e estamparse contra os muros. Un remuíño de area enguliu todo ao meu redor. Fechei os ollos abrasados polo rebulir da terra e tusín, convencido de que non tardaría en afogar. Cando estaba a piques de quedar sen aire, o meu corpo deixou de bambear sen control e caín de fociños. Non sen esforzo, logrei erguerme. Co latexar do corazón na gorxa, ollei a estampa do patio da cidadela e fiquei abraiado.

A figura inconfundíbel da guerreira brillaba diante dos valuros. Escintilaban os refachos rosados do amencer no seu peito de prata. Fronte a ela, a feiticeira que levaba presa á raíña agonizaba estomballada no chan, coa folla dun fouciño chantada na gorxa. Noreida correu a agarrar a arma, aproveitando que os seus custodios retrocederan. Os traidores amoreados diante da entrada non tiveron tempo de reaccionar.

—Soldados a min! —bramou a raíña.

Aquel era o sinal. Co derradeiro estertor da primeira bruxa morta, doce soldados aparecemos no patio na cidadela, armados con espadas e lanzas, unha migalla de carne insignificante para a maxia de once valuros.

A derrota era segura. Era cuestión de tempo que, un a un, caésemos fulminados. Os valuros comezaron a dirixir os seus feitizos contra nós mais, cando conseguimos situarnos arredor da raíña e do cadáver do rei, a guerreira de peitos de prata levantou o brazo apuntando ás grandes portas de ferro.

Todos ficamos paralizados de terror ao contemplar como, de unha en unha, as pantasmas escuras e estarricadas dos valuros entraban na cidadela para se colocar diante dos seus respectivos corpos.

O frémito da guerreira de peitos de prata resoou derredor nosa.

—Atacade!

***

—Ese non é o poder do alén. O que presenciaches no patio do castelo foi o resplandor da luz das ánimas, o único capaz de convocar os espíritos dos vivos para os conducir á morte, a cambio dunha vida —comentou cunha risada, arrincándome do meu transo. Regalei os ollos. Non tiña sentido. Apoiei o lombo contra a árbore, tratando de reprimir unha arcada.

—Hai moito tempo que a luz das ánimas lle foi arrincada a Marvin pola gardiá da cidadela para preservar a vida nesta terra —o ouveo estralou entre as sombras da carballeira.

Sen ousar volverme cara o lugar de onde viña o balbucido, chantei a mirada na dama do corazón negro. A gardiá fitaba o escuro co seu aceno impasíbel, mais un lixeiro movemento delatouna. Coa cadea aínda enredada en torno aos pulsos, as súas mans alzáronse con lentitude cara ao peito. Os dedos acariñaron a turmalina antes de se fechar con forza sobre ela. Un lampo de comprensión prendeu no meu caletre.

—Fuches enganado, soldado! —tronou a voz—. Viñeches aquí e espertaches a que nunca debeu caer, guiado por contos e fabulacións! Pero a liñaxe de Maeloc non se ha volver erguer contra o monarca de Otán! Desta vez non!

A silueta do rei maldito apareceu de repente onde nós, aínda máis grande e terríbel. Botei a man ao peito. O luar arrincou chíos de lume á folla da machada, que mantiña alzada sobre a fronte. Esquecendo o abalar do meu corpo, alanquei até me interpoñer entre el e mais a gardiá, cegado por unha única idea: a dama do corazón negro non debía morrer. Fose como for, ela debía volver a Maeloc e traer de volta á raíña, o demais tanto daba.

—Pero que fas, meu nobre guerreiro? —ante o inesperado daquela pregunta, ollei de esguello para a gardiá e reparei no escintilar prateado do corazón de turmalina. Volvín o rostro cara ás cuncas sen ollos do rei Marvin.

—Non vou permitir que a gardiá de Maeloc sucumba ante o monarca maldito, outra vez non, a miña vida non vale un reino —respondín, sentindo o latexar do corazón nas tempas.

Un calafrío percorreume o lombo cando ela me colocou a man no ombreiro e avanzou.

—Todas e cada unha das vidas dun reino contan —soltou cunha gargallada e, mirando para o monarca, engadiu—. Tampouco se debe temer a quen se ama.

Avanzou cunha man estendida cara a Marvin. Como se de súpeto o abandonasen todos os folgos, o rei espetou a machada no chan e agardou impertérrito. Puiden percibir un lene tremor no seu torso, cando os dedos da gardiá apalparon a pel agrisada. Con aquel contacto, o corazón pendurado do peito dela prendeu de branco, alumeando a figura dun home alto e vigoroso. Quedei sen alento ao contemplar a curtida face resplandecendo sobre a negra barba e o faiscar duns arredondados ollos verdes. O home que Marvin unha vez fora. Destilaba poderío.

—Áine! —a musicalidade da súa voz desprendía a mesma aura dominante.

A gardiá retirou a man sen deixar de fitalo e o monarca recuperou a súa aparencia monstruosa.

—Levaba demasiado tempo sen te ver, Marvin, demasiado como para perder de socate a misericordia —murmurou a gardiá con gravidade.

—Non! —fiquei varado. A carraxe afogou as miñas preces—. Ese monstro acabou coa liñaxe de Maeloc ao matar á raíña Noreida! Por culpa da súa traizón o reino está perdido!

—El é tan humano coma ti e coma min, meu nobre guerreiro! Acabo de ensinarcho! —a gardiá virouse cara a min. Non puiden evitar retroceder uns pasos ante o aceno feroz do seu rostro—. A liñaxe de Maeloc tampouco se extinguiu! Eu son a eterna gardiá da cidadela, a que nunca debeu caer, Ainé, irmá de Noreida!

Fiquei varado, sen poder apartar os ollos dela. O nariz chato e os grosos beizos conxuraron deseguida o recordo da raíña. Mais non era posíbel. A irmá maior de Noreida, a lexítima herdeira ao trono, fora unha dos valuros caídos na loita contra Otán, todos e cada un dos habitantes de Maeloc coñeciamos a historia. A conta daquel suceso, Noreida quedara convertida na raíña máis nova do reino... Ainé non podía seguir viva, despois de tanto tempo, non podía ser a dama do corazón negro, a non ser... Tras esculcar a incredulidade tallada no meu rostro, a gardiá verbalizou os meus pensamentos.

—Ninguén te enganou, nobre guerreiro. Nin a raíña nin a gardiá te conduciron a Otán sen razón. Eu caín tras o levantamento que sacudiu este reino e volvín grazas ao poder de Marvin. A vida de doce dos nosos perseguidores foi entregada á luz das ánimas para evitar a miña partida. Cando retornei, acollida ao xuramento de protexer o rei de Otán e os habitantes de Maeloc, renunciei ao trono.

Deume as costas para encarar o monarca. O corazón de turmalina chispeou. Entón, decateime de que Marvin sostiña outra vez a machada en alto, mais a gardiá seguiu falando, impertérrita.

—Fun eu quen pagou o prezo inconmensurábel daquel sacrificio, Marvin, vendo como te ías corrompendo aos poucos, sen poder facer nada... Por iso me apoderei da luz das ánimas, nun van intento de che devolver a humanidade... Marchei do teu lado para non ter que matarte, mais ti non fuches capaz de aceptar a miña partida e decidiches atacar Maeloc, coidando traerme de volta, sen matinar nas consecuencias... —gardou silencio un intre. O monarca parecía a piques de retroceder—. Co ataque á cidadela e a morte de miña irmá quedei liberada do xuramento de te protexer... Once almas foron entregadas xa á luz das ánimas. Acabouse, Marvin, acabouse...

—Non! Non me podes deixar! Matareite antes! —gaguexou o rei, tratando de conter o tremor dos seus membros—. Non podes!

Non tivo tempo de seguir suplicando. Un estalido de luz procedente do corazón de turmalina atravesoulle o peito e Marvin caeu de xeonllos. Tras se derrubar, o chan comezou a crebar baixo os nosos pés e a machada saíu lanzada polos aires. Perdín o equilibrio e mordín a area. Durante un lapso interminábel só fun quen de rabuñar as pedras, tratando de non sucumbir ao abismo que se abría diante miña.

* * *

O vento seguiu zorregando, mais os ouvidos interrompéronse de súpeto. Chegaran. Un sorbedoiro de tebras comezou a medrar ao meu carón. Eu non debía estar alí, sen ningún poder que afastase de min os servos da morte. Non obstante, despois de bater coa mirada expirante dela, abandonara toda idea de fuxir. Outra cadea de alustros cuarteou a escuridade do ceo. Cando o fulgor da machada enxergada no peito respondeu ao dos raios, reparei na falta do colgante. O corazón negro da gardiá desaparecera. Ao contemplar os seus ollos incoloros confirmei que estaba morta. Sentín como aquela realidade me xunguía o peito mentres os tronos escachaban contra as rochas. Os murmurios das sombras afogaron cando un único lóstrego acendeu o cumio do beiril.

Encol da rocha onde repousaba o cadáver erguíase a impresionante figura do rei Marvin. Derredor del, as ánimas dos once valuros caídos en Maeloc agardaban coas mans en alto. Os cabelos mouros e a capa castaña do monarca ondeaban ao vento. Ataviado cunha coroa de topacio, Marvin contiña entre os dedos un resplandor anacarado, máis claro que o raio, máis intenso que o solpor. Con moito tino, o rei foi achegando a perla de luz ao mango da machada. A prata comezou a se derreter sobre o torso da gardiá. Conforme os trazos de sangue se ían consumindo, o fulgor das ánimas foise esvaecendo até desaparecer.

E de socate, a guerreira ergueuse co mirar prendido de xeo e o xustillo unxido dun novo amencer.

—Áine! —murmurei.

Era ela. Sempre fora. A dama do corazón negro. A guerreira de peitos de prata.

Xurxo posando para o cartaz da t3 de Stranger Things

Xurxo Esquío escribe, compón e, ocasionalmente, exerce como adaíl de causas perdidas.

No eido musical desenvolve a súa actividade no grupo de rock galego «Esquíos» e nos novos «Non temos nome».

No mundo literario publicou unha novela curta, *O Autostopista*, foi gañador do Certame literario de relato curto de Lermos.gal e do Certame de micro-relatos Ken Keirades, así mesmo recibiu o 3º premio do XXII Certame de Literario de Piñor.

Colaborou con medios como *Dot magazine, Dioivo, O Rockisome* (chegou a ter a indecencia de ter un programa de radio así chamado) e escollérono como colaborador da Popular 1. Xurxo é socio da AELG.

O Nacemento dos Deuses

por

Xurxo Esquío

Ao comezo de todo, cando cuestións como, por exemplo, se foi primeiro o ovo ou a galiña, eran inimaxinábeis e ficaban a eóns de distancia, non existía nada.

Mais aquel nada era o todo, e aquel todo era o nada. A equivalencia entre ambos os principios antitéticos era total.

Nin tan sequera o tempo existía. Como ser capaz de comprobar o paso do tempo sen referencias, sen nada?

Mais non perdades a paciencia, a miña historia non vai comezar tan atrás. Imos dar un salto de millóns de anos e situarnos nun planeta do Sistema Solar onde xa se desenvolveu a vida; onde os microorganismos unicelulares deron paso a complexas estruturas que formaron a plantas e animais, e, dentro dos animais, a un que se ergueu por mérito propio como amo do planeta, para os máis optimistas, ou como a praga máis mortífera que existiu nunca nesta terra:

Os seres humanos.

Como ben sabedes a maioría de vós, avezados e curiosos lectores, as nosas crenzas, a nosa concepción do mundo está trastornada por poderes.

Por poderes ocultos, aos que lles convén que ás veces as nosas gabanzas e, sobre todo, a nosa carraxe, se dirixa cara a outra dirección.

Non son persoa de andar con moitos rodeos, senón máis ben directa, así que imos entrar de cheo no corazón da historia. Este texto, que tendes entre as mans, é o que algúns considerarían un texto apócrifo porque contradí a liña oficial, porén, tan verídico como o sangue que corre polas miñas veas humanas.

Os deuses existen?

Voume ir pola tanxente para responder a esta pregunta.

Os deuses non crearon a vida. Nin os animais. Nin as plantas. Nin os planetas. Nin os astros... Nin a humanidade.

A humanidade creou os deuses.

E quen creou todo o que existe? Quen creou a humanidade?

Imos ir por partes e agora o que toca é que coñezades de primeira man a historia da creación dos deuses por parte da humanidade. O coñecemento ten que ser desvelado e asimilado devagar para deixar que asente e así ser asimilado axeitadamente.

Hai centos de milleiros de anos, cando as primeiras humanidades poboaron este planeta que coñecemos como a Terra, este non era coñecido por ese nome. Este planeta recibía o nome de Kyus.

A historia actual aínda ignora este período porque segue coa teima de ser a primeira humanidade que habita o planeta mais iso, obviamente, é falso.

A humanidade vivía enfrontada, neste senso as cousas non cambiaron moito, todo hai que dicilo.

Catro razas habitaban aquela terra dividida en outras tantas porcións ou continentes, rodeados de auga salgada na súa meirande parte.

As catro razas eran as Quins, os Slaller, os Uraiajip e os Sbat.

Ramuín era o líder dos Slaller, a raza máis numerosa, e a que habitaba o continente máis grande.

A raza dos Slaller era orgullosa mais honesta, forte mais de formas delicadas. De pel escura e ollos claros pois, a pesar de que a súa terra contaba cun clima moi cálido, os Slaller tiñan hábitos nocturnos. Unha vez que o sol se ocultaba tras as montañas, desenvolvían a súa actividade cotiá.

O seu territorio era o máis setentrional dos existentes naquela época, mais, como xa dixen, o clima era cálido. Todas as terras habitadas daquela no planeta, tiñan un clima cálido moi similar.

A capital do seu territorio era unha inmensa cidade á cal chamaban Aplena. O material de construción máis utilizado na cidade era a pedra e todas a fachadas, por ordenanza obrigatoria do goberno local, estaban pintadas de branco.

Ramuín vivía nunha daquelas casas, nin máis grande nin máis pequena que calquera da súa contorna. Nin tampouco máis suntuosa, nin mellor equipada.

Se hai algo que os Slaller tiñan moi claro era que todos os seres humanos, independentemente do seu sexo ou condición, eran iguais e como iguais debían ser tratados.

Lamentabelmente os Sbat, e en menor medida as Quins, tiñan un credo moi dispar, baseado na supremacía da forza bruta.

As Quins era unha raza de humanos altos e delgados, de pel e ollos escuros, que habitaban as terras máis ao sur do planeta. Era unha sociedade matriarcal. O sexo feminino, como creador de vida, era quen dirixía os seus destinos, e o masculino, convencido da idoneidade de esta forma de organización, traballaba arreo, cóbado con cóbado, co seu oposto sexual para acadar a prosperidade da súa terra e, por que non, expandir o territorio. Posuían a flota navieira máis potente da época e eran moi hábiles nos labores pesqueiros.

Os Sbat habitaban as terras máis occidentais de Kyus. Morfoloxicamente eran moi similares aos Slaller, agás nos seus ollos, que absorbían todas as cores e eran negros como a máis fonda das grutas en que soterraban os seus mortos. Tiñan os cabelos loiros e adoitábanos levar longos. Formaban unha sociedade nómade, que vagaba polo seu territorio coa teima de o poder facer con liberdade por calquera parte do planeta.

Só me resta por mencionar os Uraiajip.

Estes habitaban a parte máis oriental do planeta, a máis afastada das outras tres polo inmenso océano ao que chamaban Portadoceo. Eran unha raza de seres pequenos e pacíficos, que aparentemente non tiñan máis interese que vivir en paz e harmonía coa natureza e con eles mesmos. Tiñan a particularidade de ser unha raza aparentemente andróxina. As diferenzas morfolóxicas entre os sexos eran dificilmente apreciábeis a simple vista e culturalmente o seu comportamento era idéntico fosen dun sexo o doutro, ao mesmo que a súa indumentaria.

Durante centos de anos, se cadra milleiros, as catro razas desenvolveron a súa actividade vital sen ningún tipo de contacto entre elas, agás algunha escaramuza fronteiriza entre os Slaller e os Sbat, cuxos territorios estaban conectados por unha lingua de terra pantanosa e impracticábel que chamaban Tiradesebo.

Mais chegou un momento en que todo isto mudou, cristalizaron as ansias expansionistas dos

Sbat, cuxa teima e curiosidade por coñeceren novos territorios comezou a superar calquera outra disquisición; a vontade das Quins centrouse en subir cara ao norte e expandir a súa sociedade matriarcal; os Slaller comezaron a intuír o perigo que os ameazaba polo sur e polo oeste, e os Uraiajip quedaron como estaban porque ninguén tiña intención, máis por descoñecemento que por outra cousa, de invadir o seu territorio.

Entón, cando a gornición encargada de vixiar día e noite as terras máis occidentais dos Slaller avisou a Ramuín de que cada vez era máis habitual albiscar barcos dos Sbat, e que os devanditos barcos non eran precisamente pesqueiros, este soubo que os Sbat se estaban a preparar para una invasión. Do sur do territorio dos Slaller a información que recibiu era semellante.

A terra das Quins non comunicaba directamente co seu continente, mais as augas que o separaban cruzábanse facilmente investindo vinte e catro horas en barco. Isto semellaba ser a teima das Quins.

Ramuín, que era un home afouto, mais mesurado e comedido, pensou que sería unha tolemia por parte das dúas razas tentar invadir o seu territorio. Sabía, ademais, que as súas forzas duplicaban en número a suma das forzas das Quins e dos Sbat. Isto incrementaba a seguridade na súa inexpugnabilidade.

Contradicindo o seu raciocinio e o seu desexo, as tropas das Quins e as dos Sbat, que tamén escolleron o barco como medio de transporte desbotando o ataque por terra a través do pantanoso Tiradesebo, comezaron a desembarcar nas terras dos Slaller. Foi un erro non os atacar cando iso aconteceu, deixar que se organizaran nas súas terras, non valorando na xusta medida a forza dos seus adversarios. Ademais, houbo outra cousa que Ramuín non tivo en conta. Tanto os Sbat como as Quins eran de hábitos diúrnos. E malia que os Slaller se podían desenvolver baixo a luz do sol con certa destreza, non era a mesma que amosaban cando o sol se agochaba, e iso fixo que as forzas invasoras fosen quen de ir conquistando parte do territorio dos Slaller.

Deste xeito, Ramuín comprobou consternado como os asentamentos máis ao sur e ao oeste do seu territorio ían caendo dun xeito vagaroso, mais sen visos de ter parada, nas mans dos seus inimigos.

A boa nova foi que, tanto os Sbat como as Quins, non eran razas especialmente crueis e trataban os habitantes dos pobos caídos no seu poder dun xeito que poderiamos definir como correcto. Utilizaban a forza estritamente necesaria para acadar os seus fins, nin máis nin menos.

Así as cousas, Ramuín convocou o Consello dos Marduks na procura dunha solución, de algo que detivese dun xeito definitivo o avance das tropas invasoras.

O devandito consello era o máximo órgano director no tocante ás artes ocultas e ultra-terreas. En cada asentamento humano dos Slaller había polo menos un home ou muller que se adicaba a ter a ben os espíritos ultra-terreos co pobo ou cidade en cuestión. Ramuín cavilou que, se cadra, estes non estaban da súa parte por mor dalgunha ofensa involuntaria que lle fixeran, e de aí o tento de emendar a posíbel eiva.

Dun xeito ou doutro as recomendacións dadas polo Consello de Marduks proporcionaron un rexurdir na moral e nas hostes dos Slaller, abondo para que fosen quen de deter o avance das tropas inimigas tanto polo sur como polo oeste.

As Quins polo sur, lonxe de se render e conformar co territorio conquistado, porfiaron na teima de seguir avanzando cara ao norte.

Polo oeste, o comportamento dos Sbat foi análogo ao das súas aliadas circunstanciais.

Ambas as razas acamparon e asediaron cidades e vilas antes de que os Slaller fosen quen de deter o seu avance.

Así as cousas, Ramuín caeu na conta de que a guerra tiña trazas de durar moitos anos e matinou en parlamentar cos líderes inimigos na procura dun achegamento que puxese fin ao conflito.

Mais, tanto as Quins como os Sbat, fixeron oídos xordos ás chamadas de Ramuín e as escaramuzas continuaron. O goteo de perdas humanas proseguiu, as perdas económicas eleváronse, o esforzo inútil dunha guerra que a ollos de Ramuín ninguén podía gañar, desgastaba as tres razas.

Angustiado e desanimado, Ramuín enfermou e morreu tras máis de vinte anos de contenda.

Por aclamación popular, o fillo do finado líder, Pantón, tomou o poder e o liderado dos Slaller.

As Quins e os Sbat saudaron a chegada dun novo líder recruando as hostilidades nas frontes abertas contra os Slaller.

Foron pasando os anos. A guerra chegou a ser parte da paisaxe, algo que sempre estivera ai, como o sol ou as nubes. O odio visceral que a raza Slaller tiña polos Sbat e polas Quins só era comparábel co que estas tiñan polos Slaller. Nas escolas das tres razas, o primeiro que aprendían os rapaces e rapazas xa de ben cativos era a maldade que, presuntamente, agochaban os seus inimigos.

Un efecto colateral da guerra nos Slaller foi que por mor de se habituar ao costume dos seus atacantes, a súa actividade deixou de ser maior durante a noite para, paulatinamente, chegar a ser de hábitos fundamentalmente diúrnos.

Co paso do tempo as relacións podreceron de tal xeito que chegou un momento en que os Sbat e as Quins se declararon inimigos, acusándose mutuamente de pusilánimes e de ser responsábeis da falta de resultados ante os Slaller. A guerra primixenia mudou nun todos contra todos.

A verdade é que en ningún momento as Quins e os Sbat pactaran un ataque conxunto contra os Slaller. O coñecemento mutuo, por medio das súas redes de espionaxe, das intencións do outro de atacar aos Slaller foi o detonante de que ambos os dous o fixesen simultaneamente, pensando que se os Slaller eran atacados por dúas frontes simultaneamente, sería máis doado derrotalos. Despois xa se encargarían do resto. En ningún momento, houbo pacto entre Sbat e Quins, máis ben, como dixen, as intencións de ambos os dous era conquistar as terras do outro unha vez controladas as dos Slaller.

Pasaron douscentos anos desde o inicio da contenda e seguía gobernando as terras dos Slaller un descendente de Ramuín. Tanto os Slaller como as Quins e os Sbat eran pobos que traballaban e vivían por e para a guerra. A cultura, por exemplo, fóra das arengas poéticas e musicais para animar o propio exército, desapareceu. Todo esforzo estaba enfocado e dirixido a ser útil para a guerra e a aniquilación dos inimigos. A humanidade estaba nunha quella sen saída.

Mais nun recuncho do planeta, protexidos e afastados do resto da humanidade polo vasto océano de Portadoceo, os Uraiajip non eran descoñecedores da deriva dos acontecementos. É máis, ficaban moi preocupados pola situación que, en ultima instancia, afectaba ao futuro de todo o planeta que compartían.

Entón, nunha data que as crónicas daquela época ás que tiven acceso non precisan con seguridade, tres emisarios saíron do porto de Uraimon, unha cidade costeira dos Uraiajip, ao mando de tres embarcacións individuais con destinos moi diferentes: cara á terra dos Slaller, en dirección ás terras dos Sbat e a onde habitaban as Quins: dous emisarios e unha emisaria, portando nos seus miolos idénticas mensaxes dirixidas aos lideres das devanditas razas.

Os seus barcos, pequenos mais altamente eficientes, amosaban que a tecnoloxía náutica dos Uraiajip era moi superior á dos seus veciños. En pouco máis de cinco días, as tres embarcacións albiscaron as terras obxecto da súa viaxe.

A sorpresa entre os diferentes líderes foi maiúscula. O descendente da estirpe de Ramuín que aínda ostenta o liderado da súa raza recibe o emisario inmediatamente no modesto salón da súa casa. Este diríxese a el nos seguintes termos:

—Nobre herdeiro da estirpe de Ramuín, os Uraiajip sempre miramos con bos ollos os Slaller e a túa estirpe, por iso en primeiro termo quero trasladar un saúdo da nosa raza ao representante da vosa, que sodes vós —o emisario dobra o lombo en sinal de respecto e pasados uns segundos continúa—. A nosa raza sempre se preocupou polo planeta que compartimos co resto de especies que o habitan, entre as que se atopan o resto de razas de seres humanos. A falta de interacción co resto de razas e especies máis alá das nosas terras, non debe ser vista como unha falla de interese nos destinos de toda a vida que habita este planeta, ao contrario. Sempre amosamos preocupación por determinados actos e actitudes e agora, cando esta preocupación chega a un punto moi elevado, tomamos a determinación de contactar co resto de razas humanas para tentar acadar unha solución aos problemas que, de seguiren así, rematarán sendo un problema de todos, que afectará negativamente á vida do planeta, que insistimos, é a casa de todos nós. Para esta fin, e coa vista posta na consecución do ben común de todos, emprazamos o representante e líder dos Slaller a unha reunión co resto dos representantes das razas humanas para tentar acadar unha solución aos devanditos problemas.

O líder dos Sbat e a líder das Quins recibiron mensaxes iguais ou moi similares a esta que mostro, e que se conserva grazas á pericia e interese histórico do biógrafo dos Slaller e principal fonte para esta historia, o cronista Lerias Salgado.

A acollida da mensaxe foi diferente entre as distintas razas. Namentres que os Slaller recibiron a nova con ledicia, os Sbat e as Quins mostráronse máis reticentes, aínda que non desbotaron a idea.

Finalmente, tras unhas arduas negociacións nas que os Uraiajip, máis unha vez, resultaron decisivos para chegar a unha solución satisfactoria para todos, a reunión tivo lugar nas terras dos Uraiajip.

As diferentes delegacións chegaron a Uría, a cidade portuaria escollida como centro de reunión, en barcos armados e acondicionados coa súa ultima e máis avanzada tecnoloxía, coa intención de impresionar os demais. Curiosamente, as formas máis rudas e as olladas máis intimidatorias tiveron lugar entre os representantes dos Sbat e das Quins denantes da reunión, cando se cruzaron no porto de Uría ambas as delegacións; porén, durante a reunión todos gardaron a compostura e as boas maneiras.

A xuntanza tivo lugar nun enorme edificio de cor escura, que non contaba con máis acceso que a grande porta de madeira pola que penetraron naquela mole pétrea. Cando as tres delegacións traspasaron o limiar tras os pasos da comitiva de benvida dos Uraiajip, ficaron abraiados ante o que se estendía ante os seus ollos. Unha enorme sala, adobiada de xeito minimalista e na que ao fondo, tras mesas cheas de comida e bebida para os comparecentes, atopábanse as cadeiras dispostas de xeito circular onde ía ter lugar o parladoiro. Mais o impresionante non era o tamaño da sala nin a súa decoración, a base de pólas de árbore que semellaban medrar nas paredes, senón a grandiosa iluminación coa que contaba, tal cal como se estivesen no exterior cando o sol está no cume da súa viaxe diaria. E a cuestión que barruntaba nos miolos dos visitantes era de onde viña aquela luz, pois non eran visíbeis nin lámpadas nin ningunha outra posíbel fonte ou orixe. A luz semellaba estar alí, sen máis.

Unha vez sentados todos os representantes nas cadeiras dispostas ao efecto, tomou a palabra o representante dos Uraiajip que, despois de dar a benvida a todos os presentes, expresou o seu desexo de que de alí saíra un sólido acordo de paz e de convivencia pacífica.

Tras recibir o aplauso de todos os congregados, entrou en materia, expoñendo o motivo e a idea fundamental pola que todos foran convocados.

Velaquí as verbas exactas que pronunciou aquel día o representante dos Uraiajip, palabras que xa forman parte da historia real do noso planeta e que chegaron a nós a través dos anos grazas ao devandito e nunca suficientemente ponderado, Lerias Salgado.

—Esta guerra ten que parar. Todos sabedes que ninguén a pode gañar e que todos saímos perdendo, mais a paz non é doada de acadar. Despois dun longo período de guerra, de confrontación, a animadversión medrou e callou tan fondamente entre as poboacións das distintas terras que é moi complicado acadar unha paz real e duradeira. Matar o becho do odio é moito máis difícil cando este tivo tempo abondo para arraigar nos corazóns e nos miolos das persoas, sexan estas da raza que sexan. Porén, os Uraiajip tivemos unha idea que coidamos que, ben desenvolvida, pode ser a solución a este problema e a futuros atrancos que poidan xurdir. Poderiamos considerala un método de control non-violento, ao tempo que un xeito de unir e compartir obxectivos entre as nosas diferentes razas. Como ben sabedes, os seres humanos sentímonos máis cómodos co concepto de crear e destruír, de principio e final. En definitiva co concepto de que todo é finito. Entón, hai unha pregunta á que nós podemos darlle resposta e ao mesmo tempo utilizar esa resposta para conveniencia de toda a humanidade e incluso, do planeta en xeral. Xa que non sabemos de onde veu á vida neste planeta, quen a creou se me entendedes mellor así, por que non crear un ser omnipotente ou varios e outorgarlle a autoría da nosa creación, da creación da vida e de todo o existente? Establecer un culto a ese ser ou seres, de xeito que sexan adorados por toda a humanidade, que sexan temidos... Dádesvos conta da marabillosa arma de control e manipulación que sería? Caedes na conta de que deste xeito toda a humanidade estaría unificada baixo unha crenza que faría máis sinxelo dirixila nunha ou outra dirección?

A proposta deixou a todo o resto de representantes calados e pensativos. Cando un a un foron tomando a palabra para expoñer a súa opinión sobre a cuestión, todos estiveron de acordo en que sen dúbida era afouta e que ben enfocada podía ser unha solución definitiva, sempre e cando se solucionasen algúns atrancos.

No tocante á fin da guerra, pola banda dos Sbat, o único que pedían era poder deambular polas terras de todo o planeta sen ser importunados.

No caso das Quins, as peticións para cesar as hostilidades e aceptar a proposta dos Uraiajip eran máis ambiciosas. Querían a potestade para poder navegar por todas as augas do planeta, así como poder usar os diversos portos espallados polo mesmo.

Todo isto con algúns matices foi finalmente aceptado.

O líder dos Slaller, aínda da liñaxe de Ramuín, foi o máis fácil de convencer, xa que non puxo ningunha condición para o acordo, a maiores de que cesasen as hostilidades, naturalmente.

Deste xeito, a primeira xornada de negociacións rematou con éxito.

O primeiro obxectivo era un feito, habería paz. Ademais, o plan dos Uraiajip aprobouse por unanimidade.

Unha vez demostrado que eran quen de entenderse, emprazáronse para o día seguinte, data en que continuarían tratando o resto de detalles a convir para levar a cabo o plan aprobado.

Durante a seguinte xornada, as negociacións non foron tan doadas. Nese día, habían de se decidir aspectos tales como o número de seres ou entes creadores, e as súas características. Aquí si, cada unha das razas tiña as súas preferencias e opinións.

As Quins querían un ser de natureza feminina que encarnase o principio de crear e albergar á vida, mais tamén de a defender, por tanto unha guerreira creadora e destrutora de vida era a súa aposta.

Os Sbat pretendían un ser de natureza guerreira que representara valores supremos para eles, como a de ser invencíbel e a pericia absoluta na caza.

Os Slaller preferían un ser ou varios, este extremo non lles parecía decisivo, que representasen valores de igualdade e honestidade.

Os Uraiajip pola súa banda, aceptaban a proposta dos Slaller sempre que se tratase dun ser asexuado e de cariz espiritual, e non desbotaban a idea de que forse varios seres os encargados da creación, de seguro froito da súa crenza no traballo en equipo.

Outro tema importante que suscitaba a cuestión, era a denominación que recibirían o ser ou seres supremos. Todas as partes estaban de acordo, en que tería que ser unha nova palabra, adicada exclusivamente a definir a estes entes.

Naquela época, as catro razas humanas que habitaban Kyus utilizaban para comunicarse catro linguas diferentes. Todas, agás a utilizada polos Uraiajip, tiñan como xerme unha lingua común e máis antiga, que remontaba as súas raíces a milleiros de anos atrás, cando a humanidade de Kyus vivía aínda en cafurnas e a súa principal teima era a procura de alimento.

A palabra que designase aqueles entes debería ser, segundo decidiron, única para todas as linguas faladas en Kyus. Aquela verba tería que simbolizar a omnipotencia dun ente creador de todo, a omnisciencia do devandito ser. Debería ser curta, como un golpe certeiro na caluga dun inimigo, en palabras dos Sbat. Tería que simbolizar un concepto de prístina pureza, como pedían os Uraiajip. As Quins aceptaban todo o anterior e concederon que non simbolizase a un ente feminino, sempre e cando tampouco simbolizase a un masculino. Os Slaller estaban de acordo con todo o dito e non tiñan nada máis que engadir, pois consideraban que o importante era denominalo dalgún xeito, non tanto cal fose este.

A verba creada e escollida finalmente foi *diewos*, palabra que, como curiosidade, nos seguintes milleiros de anos pasaría a ser sinónimo tamén de resplandor, de brillo.

Unha vez houbo pacto neste punto, tras varias xornadas de reunións, todos estiveron de acordo na necesidade dun descanso temporal, que servira para matinar sobre o acordado, ao mesmo que para descansar os miolos de cara a determinar os derradeiros detalles antes da definitiva creación dos *Diewos*, ou do *Diewo*, se esta era finalmente a opción escollida.

Con esta finalidade, despois de barallar a opción de regresar a cadansúa terra e citarse nunha data próxima, chegaron á conclusión de que iso sería unha perda de tempo; entón, aproveitando a invitación dos Uraiajip de lles mostrar as súas terras e guiados polo líder da raza anfitrioa, emprenderon unha xira turística. De seguro, isto era algo que os Uraiajip tiñan planeado, tanto para se dar a coñecer máis a aqueles estranxeiros e abrirse deste xeito ao resto do mundo, como porque sabían que sería unha ocasión excepcional de afiuzar as relacións entre as diferentes razas, como así foi.

Segundo Lerias Salgado, a xira durou un mes. Foron trinta días en que tanto os representantes dos Sbat e dos Slaller como as representantes das Quins ficaron abraiados coas marabillas que aquelas terras agochaban, e que non vou relatar aquí por ser a finalidade desta historia outra moi diferente que a dun folleto turístico. O que si salientarei é que eses trinta días axudaron moito a crear vínculos de amizade entre os representantes das distintas razas, e deste xeito facilitar as futuras negociacións tanto como o cumprimento do acordado até ese momento.

Trinta e un días despois da ultima xuntanza, os representantes das diferentes razas humanas do planeta xuntáronse de novo naquela enorme estancia de marabillosa iluminación.

Segundo as crónicas, o ambiente mudara notabelmente despois daquela experiencia compartida e a observancia dos protocolos e das ríxidas normas diplomáticas relaxáronse de xeito importante. Aquilo era unha reunión de colegas, de amigos cun obxectivo común, que xa non se agochaba tras a manida e ben soante procura da paz e do progreso. Ían crear a ferramenta de control de masas máis eficiente e potente de toda a historia da humanidade.

De seguido comezaron coas propostas de cara a definir os detalles definitivos da súa creación.

Os Uraiajip propoñían catro deuses, un por elemento, ou sexa, ar, auga, terra e lume.

As Quins apostaban por un único deus asexuado e todopoderoso.

Os Sbat dividían a realidade segundo o binomio terra-ceo, e postulaban que debería haber dous deuses, o da terra e o do ceo.

Os Slaller, moi influídos polas crenzas ultra-terreas predicadas polos Marduks, desexaban un deus de todo o visíbel e un deus de todo o invisíbel.

Aínda que semelle que as posturas estaban encontradas, o acordo foi moito máis doado do que puidera parecer e esa mesma tarde ficou preservado negro sobre branco nun documento que todos os representantes asinaron orgullosos.

Catro deuses serían os escollidos como creadores do universo, da terra e dos ceos, das estrelas e das augas, de toda a vida, incluíndo os seres humanos. Catro entes que traballaron conxuntamente para crear todo o visíbel e o invisíbel, ao mesmo que as catro razas humanas terían que traballar xuntas para o progreso común da humanidade. Cada un deses deuses sería un ser informe e asexual, un por cada elemento. O símbolo de cada un dos elementos sería tamén o único xeito de representar a cada unha das catro deidades. Denominaríanse tamén así: deus do ar, deus da auga, deus da terra e deus do lume. Non lles deron un nome máis específico, porque coidaron que así lles daban un matiz máis sobrenatural. Todo o ben e todo o mal emanaría de eles e serían susceptíbeis de ser adorados e agasallados na procura do ben desexado por cadaquén.

Dos Uraiajip partiu a idea de novelar todo o proceso de creación do mundo, do universo. A acollida da proposta foi entusiasta por parte do resto dos representantes, que inmediatamente acordaron nomear unha comisión composta por representantes das catro razas para xestionar ese tema e outros afíns. A encomenda da devandita comisión sería a de crear o texto que relatase a creación do universo por parte dos deuses, así como a historia das persoas que recibiron e transcribiron a epopea.

Outra cuestión era que os deuses non podían aparecer de súpeto, da noite á mañá, como quen atopa un can que pensaba perdido. Sería preciso elaborar unha historia heroica, duns profetas que dende antigo proclamaran a verdade suprema e como finalmente esa verdade fora aceptada como a única.

Os Sbat, amantes das regras e da rixidez militar, reclamaron un decálogo de obrigado cumprimento para todos os fieis que buscasen o favor dos deuses.

Esta proposta tamén foi saudada con entusiasmo por todos. Acordaron que a comisión encargada do relato da creación elaborase tamén o devandito decálogo. Despois, ambos os textos serían examinados, modificados en caso de que fose preciso, e aprobados por todos eles, os representantes das distintas razas.

Só quedaba unha cuestión pendente. Decidir o xeito máis conveniente para comunicar e expandir a nova verdade.

Os Uraiajip, que xa matinaran neste tema, amosaron a súa proposta á asemblea. Avogaban por presentar ao pobo un emisario presuntamente enviado polos deuses, cunha mensaxe para toda a humanidade. Sería unha mensaxe clara e apocalíptica: os deuses fartáranse da desobediencia da humanidade aos seus preceptos, de que a verdade levase tanto tempo ignorada, esixían culto e adoración, ou a humanidade sería destruída.

O líder dos Slaller, descendente da estirpe de Ramuín, foi o único que tivo dúbidas ao respecto da idoneidade da mensaxe. Segundo el, non era posíbel que a humanidade adorase e obedecese algo que descoñecía. Matizou que, na súa opinión, isto se arranxaría dándolle á mensaxe un ton máis bondadoso cunha presentación severa. Todos estiveron de acordo coa súa argumentación e deste xeito a mensaxe que o emisario dos deuses trouxo á humanidade, pasou a ser máis ben unha mensaxe de presentación pública e advertencia. A devandita mensaxe foi algo moi similar ao seguinte texto:

«Fillos e fillas, os vosos creadores, os creadores de todo neste universo, nós os deuses, deixámosvos moitos anos ao voso libre albedrío, quizais demasiados. Iso rematou. Enviamos este emisario para que saibades que estamos aquí para velar por vós, mais tamén para vos castigar se non seguides o camiño por nós marcado. Saberemos ser bondadosos, mais tamén severos, flexíbeis mais tamén rectos. Agardamos o voso respecto e adoración, querémosvos, mais non dubidaremos en vos destruír se iso chegase a ser preciso.»

Cando esta mensaxe se fixo pública, meses despois de que todo o plan estivese calculado até o mínimo detalle, a poboación recibiuna con admiración e inmediata devoción polos creadores acabados de descubrir. Dáballe moita forza á mensaxe que todos os gobernos a apoiasen, argüíndo ter suficientes probas do que nela se afirmaba.

Inmediatamente organizáronse de xeito espontáneo nas diferentes terras centros de adoración e homenaxe aos elementos que agora se identificaban como deuses. En pouco tempo, estes centros foron decantando as súas preferencias por un dos deuses, dando nome ao templo ou centro de adoración en cuestión, o Templo do Lume e o Templo do Ar foron os máis importantes nun primeiro momento.

Por outra banda, os poderes públicos construíron templos de adoración aos novos deuses en todas as vilas e cidades do planeta. Estes centros tamén actuaron como recadadores da boa vontade dos cidadáns e convertían os seus donativos en ofrendas aos deuses. Tamén rexistraban e vixiaban a todos aqueles que non se pregasen ao novo credo, tachándoos de antisociais e reténdoos en contra da súa vontade en centros adicados ao efecto no caso de que os interesados non mudasen a súa actitude.

En canto ao texto novelado relatando a historia da creación do universo por parte dos deuses e outras historias relativas, como a dos primeiros e descoñecidos profetas, fíxose ben axiña o libro máis coñecido e reverenciado do planeta Kyus. Os máis cativos estudábano na escola. De feito, o primeiro que memorizaban era o decálogo de obrigatorio cumprimento para todos os seres humanos.

Os adultos, incluso os máis vellos, pronto incorporaron ao seu quefacer cotián a observancia do decálogo e a submisión ao novo poder. As catro razas aumentaron de xeito exponencial a súa relación, os seus intercambios comerciais, ao tempo que os que obtiñan os maiores beneficios destes intercambios, curiosamente, eran os xerarcas dos templos e centros de adoración, así como os gobernantes.

Unha semente comezou a medrar naquel tempo, creceu e creceu durante milleiros de anos, até inundar toda a nosa vida como unha enredadeira que nos parasita, que nos chucha a vida lentamente, sen nos matar, mais sen nos deixar ir.

Ante a negativa das cámaras, Jorge optou por autorretratarse

Jorge Emilio Bóveda (Auria Vella 1975)

Son escritor e mestre de inglés no ensino público de Galiza.

Escribo desde que fun quen de soster un utensilio de escritura, aínda que se non escribo encho papeis de monicreques, croquis, bocexos e trapalladas. Digamos que son un amanuense compulsivo (non tiren isto de contexto). Cústame parar quieto.

Editei os meus propios libros até 2010, que comecei a ser publicado por Toxosoutos, para, sucesivamente, chegar a Urco, Enxebrebooks, Galaxia e Xerais.

Como o resto dos escritores do mundo e de toda a historia da humanidade, quizais a miña ansia por deixar rexistros escritos se deba ao medo inconsciente á morte. Ou para tentar ordenar uns pensamentos que sempre están desordenados e cheos de dúbidas. Debe ser a opción A (ou a B).

Síntome impelido á ficción científica polas posibilidades que ofrece anticiparse ao noso destino como humanos, mais a miña última intención é que os meus fillos me lembren como «persoa e escritor» sen outros complementos, pero consciente das potencialidades dos xéneros populares (terror, fantasía, ficción científica...) para describir este mundo e expoñelo criticamente.

A Resurrección de Herminio Espada

ultramoderno Prometeo

por

Jorge Emilio Bóveda

As bases teóricas deste relato foron tiradas directamente da Galipedia.

Á memoria de Rafael Dieste

1

A universidade de Uvicus, na cidade da Auria Vella, fervía en bulicio. O alumnado movíase entre os edificios como partículas de vida miradas a través dun microscopio xigante. Á esquerda alzábase o impoñente edificio da facultade de Enxeñaría Alimentaria, na dereita unha mole modernista de formigón contiña as instalacións dos estudos de Bioloxía dos alimentos. Faltaban uns minutos para o comezo das sesións docentes da mañá e as alumnas e os alumnos apuraban para se situar nas bancadas das aulas ante uns profesores máis ou menos motivados e entusiastas.

Na aula setenta e oito B de Enxeñaría alimentaria, don Indalecio Espada, sabio coñecedor das teorías dos alimentos, comezaba a alimentar as cabezas dos presentes coa súa disertación matinal, desta volta sobre a cadea alimentaria:

A cadea alimentaria deberá contemplar todas as etapas da produción, transformación e distribución de alimentos, incluíndo todas e cada unha das fases que segue a produción e comercialización dos alimentos, desde a produción primaria ou a súa importación, inclusive, até a súa transformación nas diferentes industrias que elaboren alimentos, a súa almacenaxe, transporte, venda ou subministración ao consumidor final, tamén inclusive. Deberá considerar tamén todas as fases da produción, importación, almacenaxe, distribución e venda de pensos para a alimentación dos animais destinados á produción de alimentos. As normas legais aplicábeis exclúen o ámbito do consumo privado, en aplicación do principio da non intromisión do estado no ámbito privado, aínda que na práctica, os principios hixiénico-sanitarios nos que se basea poden e deben aplicarse tamén no almacenamento e elaboración culinaria dos alimentos no fogar...

...Desde esta concepción integrada do conxunto dos procesos que seguen os alimentos, é posíbel estabelecer medidas de control eficaces dos posíbeis perigos que se poden presentar en cada fase, posibilitando un control das empresas e un control oficial, que garanten aquel obxectivo final da seguridade alimentaria...

O alumnado tomaba notas con celo en exercicio amanuense ou axudados dos teclados de ordenadores portátiles e distendíanse coas anécdotas que o profesor intercalaba entre os conceptos de obriga curricular até que a sesión docente se foi aproximando cara ao seu final.

Indalecio Espada era un sabio paciente e lector obsesivo, aínda que dogmático, que consagraba a súa vida ao coñecemento e á súa dona, Herminia Dieste. Vivía nunha grande fixación cara aos temas de índole alimentaria, que se convertera cos anos nunha obsesión. Obrigábase a levar sempre con el unha tabula de datos na que instalara un programa informático co que se axudaba nas súa comidas, controlando a inxestión e o gasto calórico. Tampouco dubidaba en usar o seu sistema para dar consello aos comensais cos que compartía xantares ou ceas. Indalecio Espada semellaba alimentarse coa cabeza.

***

Aínda que a utilización da auga ou do xeo para arrefriar ou conxelar alimentos vén de antigo, o uso comercial da conxelación como sistema industrial de conservación naceu no 1842 e só a finais do século XIX se impuxo na industria a grande escala, grazas ao desenvolvemento dos sistemas de refrixeración mecánica. O tratamento de conxelación aplícase hoxe a practicamente todo tipo de alimentos...

A conxelación dos alimentos ten como obxectivo deter o crecemento microbiano e, deste xeito, impedir que os xermes se multipliquen até alterar o alimento ou representar un risco sanitario para o consumidor. Simultaneamente, detén parcialmente a acción dos enzimas que poidan afectar negativamente ás características organolépticas do alimento, como por exemplo os responsábeis do enranciamento das graxas.

Como as temperaturas de conxelación non conseguen matar as bacterias, cómpre partir dunha materia prima elaborada e manipulada en condicións hixiénicas. Cando se procede a desconxelar o alimento para o seu consumo, os xermes presentes no mesmo volven reactivarse e multiplicarse...

A catedrática Herminia Dieste deixou de falar no intre xusto en que seu teléfono móbil comezou a soar de xeito estridente no medio da súa conferencia sobre a conxelación dos alimentos. Desculpouse cun xesto cara ao alumnado e saíu da aula trinta e tres A na facultade de Bioloxía dos Alimentos. Prefería estar no corredor para falar máis desafogada. Aquela chamada dirixida á esposa de Indalecio Espada, muller grande e agraciada, era a confirmación dunha ecografía abdominal para aquel mesmo serán.

Herminia Dieste era unha bióloga estudosa especializada no envellecemento, detractora das teorías que explicaban a degradación celular que levaba ás persoas á morte, e defensora da xerontoloxía, aquela ciencia moderna sobre a vellez, que ela entendía máis como a procura de métodos para prolongar a vida. Estaba plenamente convencida de que os humanos comezarían a vivir máis de cento cincuenta anos en pouco tempo, grazas entre outras cousas, aos cambios na alimentación, cada vez mellor, máis completa e nutritiva e vitamínica. E, precisamente, a alimentación fora unha das razóns pola que namorara perdidamente de Indalecio Espada; un dos máis expertos estudosos do tema. Uns coñecementos que fixeran xermolar unha marabillosa química entre eles. Unha mutua alimentación.

Aínda que daban a sensación de moita máis idade, ningún dos dous chegaba aos trinta e cinco anos, e agardaran até aquela altura do tempo para ter o seu primeiro e único fillo polos compromisos intelectuais e pola alimentación do lume das súas lendas persoais; o alimento dos seus proxectos vitais de estudo e formación e prestixio profesional.

Porén, chegara o momento de afrontar o gran cambio nas súas vidas e entraron na consulta do xinecólogo collidos da man. O médico, un home vello e ben alimentado, entretivo a Indalecio cunha conversa banal sobre os mellores restaurantes para se alimentar na Auria Vella, mentres untaba o bandullo fermosamente preñado de Herminia Dieste cunha crema incolora, previamente á ecografía abdominal que lle ía realizar.

—Si. A verdade, si. A Auria Vella é todo un paraíso da alimentación —rematou a conversa insulsamente o futuro pai.

—É un varón. Parabéns.

Herminio Espada naceu san e forte, e deseguida foi sometido á ditadura do cariño. Tamén axiña amosou problemas na súa socialización, fomentados, quizais, por unha educación demasiado alta, impropia da súa idade; unha instrución que, desde o berce, o fixera considerar a humanidade inferior a el en moitos aspectos, sendo un daqueles aspectos o alimenticio e, entre outras ideas preconcibidas, medrou crendo que ninguén no mundo se alimentaba mellor ca el, animado sobre todo pola nai, quen se preocupara de lle inocular a idea de que, seguindo os consellos familiares, ía vivir un século e medio, cando menos.

Contrario ás teorías maternais e á práctica paternal de xestión das calorías inxeridas e gastadas, Herminio Espada medrou obeso, sobrealimentado de lecturas, de proteínas, de estudos, de hidratos de carbono e de graxas, falto de exercicio físico e cultivando inutilmente o intelecto no fogar familiar na soidade do cuarto. Entregado a disciplinas diversas que sempre desembocaban ou converxían na dietética e na nutrición, que tan ben lle inculcaran desde neno, e na xerontoloxía, da que tanto lle falara a nai. E desde moi novo tivo claro que consagraría a súa vida ás áreas do saber que os pais impartiran en distintas materias na universidade de Uvicus.

Durante a súa vida, Herminio Espada tivo algunha amizade fugaz, mais nunca fora quen de se relacionar co sexo feminino agás en contadas ocasións de contrato carnal. Sufrira acoso escolar máis veces das desexábeis, momentos en que os pais o cambiaban compulsivamente de centro escolar, e chegou á universidade, onde estudou Bioloxía alimentaria con resultados *cum laude* e matrículas de honra.

Co tempo, a súa aparencia de oso pardo mangallón e o seu carácter de timidez extrema conducírono a unha canella sen saída, que non estaba no guión dos pais: unha fonda e desacougante depresión.

Herminia e Indalecio non souberon xestionar ben os problemas mentais do fillo e deixárono en mans de especialistas de receita e pílula, que o alimentaron de medicamentos para o rescatar do pozo, a cambio de lle deixar unha secuela de tipo motivacional; unha abulia pasaxeira, unha ferida de motivación que supuxo todo un lategazo para os pais que aspiraban a un gran futuro académico protagonizado polo inminente doutor en bioloxía dos alimentos, don Herminio Espada.

Cando o gran home rematou os seus estudos universitarios de doutoramento decidiu que si quería enfocar o seu futuro cara á alimentación, aínda que, no canto de ser cara ao camiño que os pais desexaban, sería polos vieiros da transformación dos alimentos previamente a ser inxeridos: a cociña e a restauración, nunha época en que estaba de moda a transcendencia nos medios de comunicación de cociñeiros e cociñeiras afeccionados, que aparecían en infames programas televisivos de competitividade esaxerada.

Herminio Espada estaba determinado a dirixir os seus intereses a través da canle da gastronomía, aínda a sabendas de que era unha decisión que tatuaba unha perpetua desavinza cuns pais que nunca deran en comprender a súa decisión, pois a consideraban un estado regresivo que o levaría desde os estudos de doutoramento até as abxectas cociñas de restaurantes de pouca monta.

Con independencia das ideas que os pais prefixaran no seu futuro, Herminio Espada aprendeu moito en pouco tempo sobre procesos e transformacións alimenticias nas gastronomías de todas as partes do mundo. E tampouco considerou inútiles todos os cursos de estudo universitario, pois foi quen de integrar os seus coñecementos de antano cos de hogano, chegando a defender que a mellora na manipulación dos alimentos, axudados polo emprego das mellores materias primas cultivadas de xeito natural, situarían a humanidade un paso máis preto da inmortalidade.

Co devir dos anos Herminio Espada foise desenganando por mor da lentitude neses supostos procesos de prolongación do tempo de vida, chegando a se decatar de que a enerxía que gastara nos seus experimentos saudábeis non compensaba os seus desexos. Aparte, sospeitaba que non eran completamente eficaces, pois a xente de vida saudábel seguía a morrer ás mesmas idades e dos mesmos xeitos e el, pese a que aplicaba en si mesmo as súas investigacións, seguía a sufrir dun considerábel sobrepeso.

Para colmo, papá e mamá semellaban facerse vellos a un ritmo acelerado, a pesar de que ultimamente mamá decidira adoitar o método alimenticio fiscalizado de Indalecio Espada. A vellez comía terreo coa mesma ansia coa que os comensais do cociñeiro Herminio Espada engulían os pratos que este preparaba, coa mesma deleitación coa que el mesmo os probaba antes de llos dar a comer.

2

Os anos caían como moscas alimentadas de potente insecticida. A face de Herminio Espada comezaba a se inzar de engurras e os pais, xubilados había tempo, resistían mal o paso dos quinquenios. Mamá, oposta á crenza de que ía vivir case eternamente, contraeu unha súbita enfermidade mortal de dexeneración celular invasora. A falta de habelencia en empatía de Herminio impediulle manexar a situación axeitadamente mentres papá facía esforzos inhumanos por comprender como aparecera aquela enfermidade maligna cando tiveran tanto coidado coa súa alimentación. E a frustración converteuno nun ancián resentido que decidiu de *motu propio* ir pasar seus últimos días a un xeriátrico.

Mamá non se demorou en abandonar este mundo, pasando a alimentar o parnaso dos máis sañudos profesores que a universidade de Uvicus tivera. Foi unha tempada amarga en que Herminio Espada decidira dar un xiro á súa singradura alimentaria e alimenticia preparando unhas oposicións ao estado que, debido á súa preparación universitaria, non tardou en gañar sen problemas para conseguir un destino entre as cociñas e fogóns da residencia xeriátrica onde estaba internado o pai, quen recibiu con indiferenza e frialdade a presenza do fillo naquel lugar; un fillo que vira naquela casualidade a ocasión de lle devolver con alimentos corporais toda a alimentación académica que recibira del.

Aínda que a timidez patolóxica de Herminio Espada lle impedía expresar calquera tipo de emoción, non era quen de esquecer a morte da nai; unha muller resolutiva, de aparente boa saúde, que se volatilizara en mans dun proceso celular irreversíbel. Porén, á parte de polo amor maternal perdido, Herminio preocupábase pola herdanza xenética que puidera recibir de Herminia Dieste. Unha preocupación que lle fixo vivir uns meses posteriores á morte da nai embebedado en lecturas e pensamentos, que o levaron a concluír novamente que as cousas avanzaban demasiado lentamente e, no entanto, as xentes seguían a morrer do mesmo xeito que o levaban facendo desde a orixe da humanidade, séndolle cada día máis difícil asumir a idea de que, nun momento preciso, a súa consciencia se apagaría como quen desconecta a computadora antes de se ir deitar.

A morte celular é o cese das funcións vitais dunha célula. Este pode ser o resultado do proceso natural polo cal as células vellas morren e son substituídas por outras novas ou poden resultar de factores tales como a enfermidade, unha lesión localizada ou a morte do organismo do cal as células son parte. Os tipos de morte celular inclúen a apoptose, a autofaxia e a necrose...

Seguiu a mercar libros e a ampliar bastamente seus coñecementos, pois aboiaba nel a vella idea de Indalecio Espada que dicía que alimentar o espírito era tan importante como alimentar o corpo e, en ocasións, remataba axiña os labores de cociña para ir visitar o cuarto do pai e expoñerlle as súas ideas sobre xerontoloxía e mortalidade; unhas ideas, audaces en ocasións, que o pai non aprehendía, xa non polo desprezo que aínda lle gardaba ao fillo, senón porque levaba tempo sufrindo unha enfermidade irreversíbel de deterioro neural que lle impedía reter máis ideas que as relativas directamente a uns minutos atrás, para se disolver para sempre no limbo do esquecemento perpetuo. Unha situación dura á que Herminio Espada topara a parte positiva xa que o pai esquecera para sempre aquel suposto mal paso que o fillo dera ao se facer cociñeiro despois de acadar con esforzo un doutorado universitario. O esquecemento tamén impedía ao pai impoñer criterio algún totalitario, ou tentar pensar polo fillo...

Un día a vida de Herminio Espada mudou. Despois de lle contar ao pai, esterilmente, os últimos avances en xerontoloxía, baixou á cafetaría da residencia e comandou unha infusión de herbas e dous bolos de crema industrial con graxas saturadas. Sentou á mesa en que adoitaba merendar e abriu un xornal de tiraxe estatal. Entre os consabidos titulares, sucesos e propagandas, os seus ollos deron cun anuncio a media páxina da franquía dunha grande empresa mundial afincada na capital do estado: Lab-vida. Publicitada co eslógan *Lab-vida é bela*.

O anuncio incluía unha oferta de apertura de seis meses de balde. Tratábase dun laboratorio de crioxénese onde conxelaban a demanda o corpo enteiro ou a cabeza dos pacientes, deixándoos en animación suspendida, para os preservar até que os científicos do futuro os recompuxesen como se de doutores Frankenstein se tratase, coa fin de resucitar ultramodernos Prometeos, portadores do lume da esperanza. Ben lle tiña escoitado a mamá falar daquilo, mais nunca o considerara con abondas garantías. Era un risco que habería que correr.

Despois de chamar para se interesar polos pormenores, Herminio descubriu o atranco inicial que eran as altas cotas que habería que aboar logo dos meses da oferta, pois o importe mensual ascendía á case totalidade do seu salario de cociñeiro do estado. Entón soubo que, de aceptar o tratamento, debería renunciar aos gastos extraordinarios en libros, doces nas merendas e algúns outros caprichos. Trataríase, pois, de consagrar a súa vida ao traballo e a Lab-vida. A vida podería ser bela igualmente, dependería de como se mirase.

A telefonista que o atendeu na segunda chamada tiña unha voz tan magnética e engaiolante que Herminio Espada non tardou en caer rendido nos brazos da organización. Asinou a través de Internet os documentos pertinentes e a empresa comprometeuse a mergullar o seu corpo en nitróxeno líquido cando o asediase un proceso terminal, xusto antes do intre do deceso, para ser reenviado á vida cando os coñecementos en xerontoloxía avanzasen abondo e poder resucitar de corpo enteiro. Todo dentro da modalidade que escollera: o combo Prometeus 3, que incluía garantías especiais no caso de caídas de tensión eléctrica ou outras incidencias alleas ás condicións óptimas de conxelación.

Herminio Espada comezou a abandonar as poucas amizades que tiña pois calquera gasto, por superfluo que fose, suporía un desequilibrio nas cumpridas contas mensuais; no seu plan de inmortalidade, aínda que realmente se delataran como amizades falsas, xa que non tentaron recuperar o contacto con el ou persuadilo de que non se illara.

Nun momento ou dous viuse con cincuenta e seis anos de idade, cociñando oito horas diarias para alimentar o presente trémulo dun nutrido grupo de anciáns, cun pai xa desconectado absolutamente do mundo real, cun curmán que nin sabía que existía —fillo dun irmán da nai—, que o consideraba de oídas un tolo de manicomio solitario e resentido, e sendo socio cooperativista da filial de Lab-vida na capital do estado.

Cando o pai, don Indalecio Espada, morreu, foi incinerado con honras, nunha cerimonia á que asistiu o máis coñecido dos claustros de varias xeracións de profesores na facultade de Enxeñaría alimentaria, unha cerimonia populosa na que se contaron máis mentiras que verdades. Herminio Espada sentiu esvarar unha bágoa pola meixela dereita. O ancián tiña noventa e tres anos e atrás deixaba un fillo único díscolo e unha vida de coñecemento até que unha enfermidade traidora lle borrara o presente e o pasado, deixándoo espido cara ao futuro. Aquela bágoa era un recordatorio do propio, da brevidade da vida, do que lle ía acontecer tamén a el dentro de varios xiros de translación do planeta Terra. Menos mal que o aliviaba, e non pouco, o pago daquelas cotas, garantía do futuro na eternidade. El si podería ser eterno. Lab-vida alimentaba a súa esperanza.

Co tempo, e seguindo o ditado dos seus temores, herdou a enfermidade da nai nun dos seus órganos internos. A enfermidade mirrou o seu volume corporal en máis do cincuenta por cento e lle fixo perder os cabelos. Case deu grazas á providencia e ao destino non herdar a enfermidade do pai en troques, pois lle acabaría por obrigar a se esquecer de todo canto aprendera, incluído o futuro tratamento de Lab-vida. E na fase devastadora da enfermidade, cando as súas defensas entregaron as armas definitivamente, deuse á esperanza que alimentaba aquel laboratorio ao que consagrara a vida e o diñeiro. Sen remorsos e con convicción. Sería eterno.

Tiña setenta e oito anos e foi despedido (provisionalmente) en soidade, coa mesma soidade en que vivira. O «deica logo» producírase nunha cerimonia civil á que acudira o curmán por pura obriga moral; o mesmo curmán que tivera que asinar o tratamento aboado por Herminio Espada durante máis de trinta anos, e cuxa política, raposeiramente estudada, impedía a calquera familiar botar atrás o proceso.

O corpo de Herminio Espada foi levado á capital do estado, sede de Lab-vida, e introducido nunha cápsula horizontal con aparencia de máquina de escáner para durmir o soño case eterno. O ultramoderno Prometeo agardaría ao frío con infinda paciencia e con intención de volver pousar os pés na terra. Sería quen de portar o facho que iluminaría de esperanza aos habitantes doutros tempos.

3

Morreu tamén o presente e unha parte do futuro e as metrópoles convertéronse en ruínas. As hedras, silvas e todas clase de plantas invasoras enchérono todo, dando cabo das aparencias de progreso e saneamento. O capitalismo e outras correntes totalitarias deran paso ao caos e á destrución. Rematara o mundo coñecido como tal e as ansias científicas polo futuro esmoreceran baixo o sol implacábel da nova realidade. Ninguén sabía se aquela calor abafante era o resultado dun cambio climático, do avellentamento do astro rei ou, quizais, dos rigores do solsticio dun verán atafegante de calor insólita.

Esta incerteza non se daba porque non houbera ninguén para se preguntar os motivos daquel estado da realidade, senón porque moitas das especies animais e vexetais se extinguiran por erros de cobiza no desenvolvemento sostíbel e os actuais habitantes da terra gastaban o seu tempo e enerxía na supervivencia no canto de parar a se facer preguntas para se explicar o mundo; uns humanos tan habituados á consagración por subsistir que aqueles xa non eran escenarios post apocalípticos. A auténtica apocalipse a carón disto sería a imaxe dun simple parque temático do século XX. Esta era unha nova realidade, un novo comezo ou unha regresión.

As instalacións de Lab-vida estaban en consonancia con todo: pura ruína. Unha subvención estatal moito tempo atrás facilitara a instalación dunhas cruciais baterías auto sostíbeis, baseadas no grafeno e no plutonio, que alimentaran os crioxenizadores durante moito tempo, aínda que a aparencia de todo aquilo fose contraria ao funcionamento de máquina ningunha.

Unhas mans fortes puxeron en funcionamento a reactivación inversa das cápsulas, que xa non eran tantas como cabería imaxinar, despois de que outra daquelas subvencións gobernamentais trasladara os corpos das persoas máis coñecidas e influentes a outros laboratorios de máis prestixio e sona. Un daqueles escasos moradores do frío era Herminio Espada, quen viaxaba no seu xeado ataúde desde as cancelas do tempo, ignorado por todos e esquecido polo seu mundo pasado.

Outras mans diferentes, igualmente fortes, accionaron a desconxelación e axustaron os tubos de drenaxe do líquido que impedira que as células fixesen estragos no corpo ao cristalizarse. Unhas terceiras mans, fortes como as anteriores, dispuxeron todo para a resurrección. Semellaba que, á fin, aqueles científicos do futuro xuntarían as súas pezas enfermas e defectuosas e traerían a Herminio Espada a unha nova vida nunha contorna hostil, aínda que, realmente, non fose moi distinta da que deixara atrás. Podería renacer como un titán protector da nova civilización humana.

A mente de Herminio Espada comezou a lle enviar imaxes confusas, que foron cobrando sentido aos poucos: sesións de lectura na biblioteca familiar, conversas con mamá sobre a degradación celular e os alimentos, face de noxo de papá ao se decatar de que o fillo abandonaba o éxito universitario en favor dunha vida entregada á gastronomía e a restauración, unha muller cunha negativa amorosa que lle partira o corazón ao medio, os empregados dun dos restaurantes sen lle ter respecto ningún, o seu curmán no día que descubrira que o irmán de mamá tivera un fillo, a empregada da súa libraría favorita na Auria que sempre lle resultara enormemente atractiva, mais á que nunca dixera ren por non reunir o valor abondo... Todos mortos. Todos esquecidos agás Herminio Espada, que comezaba a abrir os ollos a un novo mundo, amodo, moi amodo, albiscando unha nova vida.

Finalmente orientouse e lembrou a súa situación, mudo e inmóbil marabillouse do atinada decisión que fora consagrar todos os seus aforros á causa da resurrección. Non podía falar porque estivera décadas, talvez séculos, en estado de conxelación e cumpría dar aos seus órganos internos un pouco máis de tempo. O que semellaba ser un respirador ocupáballe a face en case toda a superficie e tubos afiados se lle espetaban no corpo por varias partes. Non sentía nada e chamou pola paciencia. Un pouco máis de acougo non sería nada en comparanza con todo o que levaba pasado.

Cando foi quen de distinguir con nitidez cores de formas, percibiu certa desorde e lixo arredor, unha situación que o fixo pensar nunha folga no servizo de limpeza. Tamén viu os tres homes que operaban no seu corpo, percibindo tamén ao fondo outro grupo de persoas, que non perdían detalle de todo canto os operarios lle facían.

O primeiro que chamou a atención de Herminio Espada foi a aparencia daquelas xentes, xa que, a diferenza do que lle cabía agardar dos científicos do pasado de onde proviña, estes eran pródigos en roupa, lucían longas guedellas, tiñan pel dunha cor estraña, distinta de calquera cor de pel das razas que el lembraba, e semellaban extraordinariamente fortes. En ningún intre se lle deu por pensar que quizais estivesen adaptados ás condicións da contorna.

Deitado, seguiu coa súa idea de que eran os científicos do futuro que o resucitaban, que agardaban á súa consciencia completa para se comunicar con el, preguntarlle pola súa experiencia, saber do seu mundo anterior, falarlle da súa civilización, levalo ante o seu líder ou mesmo —por que non?— convertelo a el en líder, como un ultramoderno Prometeo; fiel protector da nova civilización humana á que chegaba. Mesmo podería aprenderlles todo o que el sabía sobre ciencia, xa que sempre fora home de boa memoria e traía moito que contar.

Desconcertouse cando un daqueles humanos apareceu cargado con varios feixes de leña, demostrando unha forza descomunal, e se dispuxo a facer lume dentro do que parecía un arquivador metálico enferruxado e disposto en horizontal. Pero deseguida colixiu que, no canto de folga de limpeza como supuxera, habería recortes orzamentarios e o sistema eléctrico estaría obsoleto ou directamente estragado, e aquela era a súa forma desesperada de se prover un sistema de luz e calefacción que os permitira seguir co seu traballo científico. A saber, tamén, como andaría a climatoloxía a aquelas alturas do tempo. En ningún intre se lle deu por pensar que a regresión os impelía a utilizar lumes primarios como modo de vida.

Ao dobrar a cabeza cara á dereita, Herminio Espada viu algo que o encheu de ledicia: un conxénere dentro doutra cápsula crioxénica. Non o recoñecía, mais si podía percibir nel os mesmos procesos científicos. Resucitaba paseniño, mentres no fondo da estancia vía chegar máis persoas de ambos os xéneros, escasas en roupas e de peculiares características físicas. Tentou comunicarse co home da padiola veciña emitindo algún son, mais o seu sistema fonador aínda non estaba preparado, como tampouco o estaba o sistema auditivo do compañeiro, a quen se lle intuía un estado moi precario de consciencia.

Un dos seres do principio do proceso de desconxelación achegouse a eles, sostendo na man unha espada de medianas dimensións mais folla ameazante, unha arma branca que Herminio Espada identificou cun instrumento cirúrxico. En ningún intre se lle deu por pensar que agora a humanidade se movía impulsada por arcaicos atavismos. E o home armado non tardou en afundir a folla da espada no pescozo do veciño resucitado mentres un segundo operario apuraba a colocar un balde de aceiro no chan, próximo á padiola, un recipiente que comezou a se encher de sangue espeso e medio coagulado. Un proceso, aparentemente brutal, que fixo sorrir aos espectadores do fondo e que Herminio Espada axiña atribuíu a unha lección de anatomía crioxénica na que practicaban ao veciño unha drenaxe para lle substituír os fluídos corporais por un moderno e mellorado sangue sintético. En ningún intre se lle deu por pensar que podería ser, simplemente, un ritual propio daquela xente, cun significado moi concreto.

Cando o home do caldeiro foi quen de homoxeneizar o sangue líquido a base de remexer cunha pipeta e axudado dun anticoagulante que collera dun armario da parede, o home da espada empregou o mesmo peculiar obxecto cortante para practicar no corpo, xa novamente apagado, unha incisión lacerante dende o pescozo até o baixo ventre. Cando chegou coa folla afiada á altura do óso sacro dous novos operarios xurdiron da multitude congregada ante os ollos atentos de Hermino Espada e procederon a turrar da carne do fondo corte cara ás beiras para eviscerar o torso e clasificar os órganos internos en varios recipientes de plástico, que outra daquelas persoas, neste caso de sexo feminino, lles tendía no chan cerca deles, mentres ao fondo se amoreaban progresivamente máis e máis e máis daqueles seres case clonados e aparencia de membros dun clan tribal.

Aqueles que destripaban ao paciente veciño tiñan tan aquel de carniceiro que Herminio Espada, presa do que comezaba a considerar unha alucinación, lembrou cando el despezaba animais nas cociñas para o posterior cociñado. Mais aquel acto era tan vívido que descartou a posibilidade da alucinación en favor dunha explicación científica insospeitada, como por exemplo a substitución de órganos vitais por exemplares de órganos sintetizados a partir de células nai, por mor do deterioro que a conxelación inflixira nos tecidos. En ningún momento se lle deu por pensar nun acto relativo á pura e mera supervivencia.

Mais a cousa cambiou cando o suposto científico da espada deixou paso a un home armado cunha gran machada que se afastaba moi lonxe da forma de calquera utensilio cirúrxico e lle daba a aparencia de viquingo salvaxe, e Herminio Espada comezou a sentir medo, fondamente. O peculiar facultativo asestou un certeiro e brutal golpe ao corpo aberto en canle e separou a cabeza, que bateu no chan inexorabelmente, levando debuxada unha expresión macabra de ollos perdidos no baleiro. O acto zarrapicou sangue e coágulos nas baldosas do chan e algúns azulexos da parede.

Herminio sentiu gana de vomitar, mais o seu sistema dixestivo levaba inactivo durante demasiado tempo. Tentou berrar mais foi infrutuoso. De seguido os seus ollos testemuñaron como o verdugo procedía a despezar as extremidades do paciente con machadazos nos ombreiros, por baixo dos cóbados, por baixo dos pulsos, nas inguas, por riba e por baixo dos xeonllos e nos nocellos. Todo ante a feliz mirada dos espectadores daquela particular lección de anatomía.

Agora, xa presa dun terror que lle subía polo espiñazo, tentou remexerse na padiola mais non foi quen. Maldiciuse por non caer antes na conta de que aquilo era so un vulgar e salvaxe amoreamento de proteínas. Salaiou e tentou chorar, mentres o individuo da espada tiraba os ollos á cabeza amputada axudándose das súas propias uñas, negras como a nova esperanza nacida. Herminio Espada soubo que so cabía a resignación porque, aínda que se tivese decatado en primeiras de que caera en mans dunha especie de tribo primitiva do futuro, a súa sorte non mudaría. En ningún intre se lle deu por pensar que, sendo o fillo resucitado dun enxeñeiro alimentario e unha catedrática en bioloxía dos alimentos, e toda a vida alimentando xente dende as cociñas, acabaría formando parte do plan de alimentación dunha nova civilización. Á fin e ao cabo si sería un protector, mais ao seu xeito. Curaría temporalmente a fame dun nutrido grupo de persoas, que loitaban para non morrer por inanición, convertido nun ultramoderno, ultraconxelado Prometeo.

Foto gañadora do Pulitzer 2017 "Xosé Carlos mira fixamente"

Eu nacín —entre o luscofusco e a brétema, no esquecemento da tarde— trescentos sesenta e catro días despois da caída do Muro de Berlín. Aínda colgaban do aramio da guerra fría todas as intactas minas nucleares. Cando eu nacín relataba choivas cos meus ollos e contaba necesidades co meu aturrar.

Medrei cos anos e coa indefinición das miñas claridades navegantes: a onda vital de Son Goku, a música do Xabarín, algúns videoxogos, algúns libros e a creación de esquecíbeis cómics aloumiñaron a miña feliz infancia.

Logo chegou o meu adolescente xogo indeciso nos cóbados, que me amosou vocación de escribir na luz enfocada por xeniais mestres como Álvaro Cunqueiro, ao que lle roubei algúns versos para autobiografarme.

Eu só perfilaba seguridade mediante a arqueoloxía das letras e así parín o meu primeiro libro: Somos de Arxerís, cun desembocado instinto soñador. Tamén fundei a revista literaria Cicloxénese Expresiva, pois só mediante o coñecemento da meteoroloxía poderei observar algún luscofusco semellante ao que me viu nacer.

Universos

por

Xosé Carlos Carracedo Porto

As frechas de Cupido enfiábanse cara ao meu rostro. Desde os descoidados e inocentes ollos da miña compañeira de mesa percibín como se executaba o lanzamento.

Estabamos nun bar, rodeados de xente e, non obstante, illados. Non eramos conscientes da nosa contorna, nin sequera do home que nos observaba e escoitaba con interese. É curioso como o sentido da complicidade absorbe tanta atención. Non é moi frecuente, amósase cando as persoas encaixan como pezas dun quebracabezas. Por iso é máxico.

Ela era realmente bela e provocábame gargalladas desas que extravían os latexos. Penso que se debe a que, cando Cupido atina cunha frecha, o ritmo cardíaco se altera e precipita sorrisos desbocados, sorrisos que espertan ledicia. A natureza é moi sabia á hora de seducir, comprende que ensinar felicidade é unha eficiente técnica de conquista.

Nesas andabamos naquel lugar en que só existían os nosos ollos mirando a inmensidade dos nosos mundos. As miradas dos corpos descifraban danzas de expectativas atopando todo o futuro imaxinábel. Non ten por que ser completamente real ou acertado, mais bosquexa incríbeis ilusións e, ademais, permite avanzar e continuar coñecendo á outra persoa.

—Gústame Isabel Allende. Eva Luna íache a encantar —confesou ela, enchendo os ocos da súa definición.

—Parécese a García Márquez?

—Tamén é realismo máxico. Vaiche entusiasmar, de verdade.

Moita xente afirma que somos o que os outros ven en nós e, sen estar totalmente de acordo con esa frase, puiden intuír que empezabamos a nos moldear mutuamente, que empezabamos a nos idealizar. E, entrementres, o intrépido home da mesa do lado miraba sen disimulo e sen ser visto. Como non nos decatabamos?

A parola avanzou até que comezamos a falar de emocións. A arritmia que sufría incitábame a conversar sobre as paixóns, sobre as ganas de vivir, sobre os pesares e alegrías e sobre tantas outras cosas. Logo souben que foi o clímax da nosa cita.

Segundo os gregos, durante a nosa vida tan só facemos dúas cosas importantes: asediar o que queremos e volver á casa. Por esa razón se escribiu a *Ilíada*, que narra a historia dunha conquista por amor, e a *Odisea*, que fala do retorno ao fogar. A nós achegábasenos a hora de volver, de nos retirar temporalmente dese universo compartido, que aínda non fora asediado completamente. En ningunha circunstancia resulta positivo alongar forzosamente un clímax porque se deteriora, porque deixa mal sabor de boca e dificulta o porvir.

Percibindo perfectamente que un «deica logo» se presentaba, o até ese momento invisíbel home que observaba, interveu educadamente para rememorar palabras ás que antes aludíramos. Confeso que nunca sufrira unha violación tan recoñecida da miña intimidade. Gústame coñecer xente, mais aquilo chocoume.

Escoitámolo, e o que se iniciou como unha pequena interpelación deu paso a un inmenso discurso interpretativo sobre as nosas accións pasadas. Semellaba tratarse dun home solitario que precisaba acceder ao noso mundo. Por envexa talvez? Non sei. Sentinme magoado e tamén ofendido. Queriamos retirarnos, xa que nos reclamaban inesperadas aventuras, mais: como deixar só a un ser humano que reclama compaña? Como conciliar o desexo de unión con outra persoa coa incorporación dun ser descoñecido? Resulta complexo.

A intervención do señor non finalizaba e tivemos que nos facer fortes, aturar estoicamente un pouco máis. El relataba que era do outro lado do charco e que non podía volver por unha enfermidade, que non podía completar a súa odisea. Observaba cuns ollos que solicitaban un mimo que non eramos quen de dar... Pensamos en esperar a que acabase a súa consumición, mais non se consumía e o reloxo avanzaba mascando o futuro.

Pode que se nos acuse de ególatras, porén, escapamos para pasear pola cidade até o lugar da nosa longa despedida. Fuximos para continuar coa creación do noso universo compartido. Fomos egoístas? Non sei se quero responder a iso. Os seres humanos somos escravos das arritmias, do amor. Deixamos un espazo baleiro conscientes do que é a soidade porque nese momento non a sentiamos. Non vou ocultar que o pasamos moi ben.

Durante esa noite pedinlle a Cupido que lanzase un par de frechas por ese home que miraba con ansias desesperadas de namorar. Pedinllo porque me sentín identificado, porque tamén eu sufrín esa sensación de abandono nalgunhas ocasións. Non sei se o fillo de Venus ouviu a miña petición. Confiei en que o realismo máxico puidese dobrar e asediar esa realidade tan sucia, que puidera infiltrarse nun mundo que adoece cando a fantasía se desvanece. Confiei en que viñesen bos tempos para os soñadores.

Co paso das semanas esvaeceuse o feitizo que abranguía o meu corazón arrítmico. A persoa que nos observara fora quen cravara as frechas e retirounas por ignoralo, por non partillar a nosa unión. Cancelou a creación do universo compartido.

Parece ser que Cupido, farto do seu traballo, delegou nun mortal o poder de crear as ilusións que nacen dunha das forzas máis importantes que moven os seres humanos. Dáme pena que, sendo quen de suscitar tanto amor, ficase tan só, que se volvese un parasito. Cousas da vida, que diría Castelao.

O autor posando xunto a súa mascota humana

Do mesmo xeito que o «monstro» de Frankenstein, somos construídos polo que nos rodea e por quen nos rodea. Cando alcanzamos conciencia de nós, tentamos controlar ese proceso de construción, ou polo menos iso tentamos. No meu caso persoal, antes de deixarvos coa lectura, que espero sexa do voso agrado, quixera facer unha lembranza de tantos parentes, amigos ou simples coñecidos que de forma consciente ou inconsciente deixaron pegada en min. E tamén lembrar este país, desde a profundidade dos seus bosques onde tan sinxelo é perderse entre o rumor das árbores movidas polo vento até as profundidades procelosas do mar sempre cambiante, que agocha os seus propios recordos. Sen todos eles non chegaría até aquí. Sen todo iso este relato non sería posíbel.

«O neno melón» está inspirado na novela Frankenstein, ou o moderno Prometeo, tanto na súa versión escrita como na súa adaptación cinematográfica protagonizada polo inesquecíbel Boris Karloff, que deu unha imaxe propia ao monstro. O doutor Víctor Frankenstein buscaba o xeito de crear vida artificial desde a arrogancia de desafiar os límites da natureza. Neste relato, a vida ábrese camiño por si mesma, ou quizais sexa a natureza a que decide desafiar o entendemento humano.

E agora, respirade fondo, relaxádevos e adiante coa lectura.

O Neno Melón

por

Manuel Ángel Gayoso Peña

O interior de Ourense está cheo de pequenas aldeas que salpican a paisaxe pintada cos verdes antigos de carballos e castiñeiros, e os máis recentes de piñeiros e eucaliptos, que asoman entre amplos vales e lombeiros que verdean en primavera e amarelan no verán, acastañados en outono e brancos no inverno, un lugar que cada vez dorme máis silencioso, a medida que o balbordo da humanidade abandona as pequenas aldeas polas comodidades urbanas.

A uns quilómetros á dereita da autoestrada que pasa xunto ao país de O Riós atópase a aldea de Montes, un pequeno conxunto de casas que medraron en torno a un camiño que descende por un empinado lombeiro até as augas do río Arzoá, famoso noutro tempo polas súas troitas, e agora devastado pola seca e pola invasión dos caranguexos americanos, que algún visitante con máis entusiasmo que xeito tivo a ben introducir. Hai séculos a humanidade abriuse camiño para labrar con esforzos as terras do val do río, creando pastos para o gando e sementeiras para as súas colleitas.

Montes era unha aldea pequena, tan pequena de feito que non aparece en moitos mapas, ignorada de xeito accidental ou deliberado, mais, cando menos, iso proporcionoulle paz e unha tranquilidade a miúdo subestimada. Durante xeracións os seus habitantes adicáronse a transmitir os mesmos costumes de sempre, porén, foi abandonada moito antes de que chegase a recente modernización que permitiu romper o illamento do agro, quizais demasiado precipitadamente.

***

Moito tempo atrás, nos anos do reinado do bo rei Afonso XII, vivía na aldea de Montes a tía Xenerosa, unha muller criada no agro, rexa como a leña, de espírito tranquilo e de ánimo agarimoso. Tivera unha infancia feliz, a filla única e desexada dun matrimonio da familia Bazán, unha das máis prósperas e ricas da comarca. Cando era pequena non lle faltou nada, nin comida quente, nin un leito onde durmir, nin un peso no peto. Mais, ao contrario que outros, a riqueza da familia non a malcriou, antes ben, facendo honra ao seu nome, era xenerosa cos demais, xa fose con bens materiais, cunha man disposta a axudar ou cun sorriso de ánimo paciente para apartar a tristura.

Os pais de Xenerosa morreron cando xa era unha moza. Primeiro Don Ramón Bazán, dunha pneumonía mal curada nun inverno especialmente frío, e tres meses despois Dona Margarita Prieto, que non puido co pesar da viuvez que a afectou tras a morte do seu esposo, a quen quería desde que era nova.

Xenerosa non se deixou levar pola dor do loito. Enterrou os pais no cemiterio da igrexa parroquial de Nosa Señora do O, patroa das mulleres parideiras, e da que os seus pais foran moi devotos. As tumbas, xa preparadas en pedra gris por un canteiro da aldea, rematáranse había pouco, e a maior parte dos fregueses de Montes e dos arredores acudiron ao enterro, e o cura Don Manuel sacou a santa en solemne procesión.

Por aquel entón Xenerosa acababa de cumprir os vinte anos. E aínda que os mozos xa a solicitaran de amores en vida dos seus pais, agora que quedara soa no mundo atraeu aínda máis atención. Non era só que a moza era unha beleza loura, de ollos azuis, de pel suave e dun ánimo agarimoso que engaiolaba até os corazóns máis imposíbeis. Ao ser filla única herdaba unha boa facenda, con moitos prados e solares, adega e muíño que ningúen lle discutía. A cortesía do loito fixo que durante un tempo os pretendentes potenciais limitasen os seus avances, mais a medida que pasaba o tempo fixéronse cada vez máis atrevidos. Algún curmán afastado dos Bazán acudiu a visitala, e varios mozos da aldea, das familias dos Botana, dos Barreira, e mesmo algún atrevido doutros lugares dos arredores, que se arriscaba a provocar o rancor da mocidade de Montes para acadar aquela conquista.

Pero Xenerosa rexeitou os seus pretendentes un tras outro con palabras doces. «Aínda é pronto e o loito hai que gardalo», dicía cun sorriso mentres recollía os ovos brancos das súas pitas mouras; «Non sei que pensar, primeiro terei que poñer en orde a casa», dicía mentres sachaba na horta cunha vitalidade sorprendente, facendo uns regos dereitos e igualados para sementar as fabas; «Máis adiante quizáis, cando todo estea máis tranquilo», dicía mentres lles quentaba o almorzo aos tres cochos que coidaba con mimo para vender na feira dos Remedios. E entre un talvez e un xa se verá, ía demorando a súa decisión, a pesar das pretensións dos mozos, mellores e peores, e das recomendacións das amigas e veciñas que a invitaban a aceptar a tal ou cal «Éche bo rapaz», «non ten maldade», «é listo como un allo e parece un capitán», «mira a casa que fixo», «mira as vacas que ten», «mira, miña filla, mellor estarías xunto del.»

O tempo pasou e o casamento de Xenerosa converteuse nunha cuestión de amor propio para algúns. Estalaron algunhas pelexas nas tabernas da bisbarra, algúns mozos suspiraron derrotados e buscaron outras noivas e, en fin, os máis pragmáticos incluso comezaron a apostar entre eles quen casaría con ela.

E o día en que Xenerosa cumpría os vinte e cinco anos, nun domingo de xullo, asistiu á misa e, tras a despedida, achegouse ao cura Don Manuel e falou con el. Aquel home calvo e devoto, de poucas verbas e cunhas lentes grosas escoitouna en confesión e, ao rematar, ela díxolle algo que o fixo sorrir, amosando uns dentes moi brancos que poucos viran. Asentiu e despediuna, para a continuación ir á sacristía e anotar no libro de matrimonios coa letra elegante e alongada que aprendera no seminario en Ourense:

«Xoán Páez Regueiro e Xenerosa Bazán Prieto, 31 de xullo.»

* * *

Antes de que o cura Don Manuel anunciase solemnemente ao final da seguinte misa o matrimonio entre Xoán e Xenerosa, producindo o conseguinte balbordo na aldea de Montes e máis aló, poucos terían crido en semellante voda, que a moitos se lles antollaba sorprendente e desigual a partes iguais. Se Xenerosa era unha moza belida, amábel e bo partido, Xoán nacera nunha das familias máis pobres da parroquia. Fillo de nai solteira, a tía Evanxelina, e con dous irmáns máis pequenos e de pais diferentes, desde que era pequeno aprendera a remediar a fame con enxeño, e para escapar das frecuentes malleiras que recibía da súa nai cando estaba bébeda de mal viño, o que era as máis das veces, a miúdo fuxía de casa e atendía a facenda dos demais ou axudaba nos traballos das hortas por un anaco de pan de centeo ou o que lle desen. Medrou o que puido, que non foi moito, pois terminaron por alcumalo «o anano» aínda que non era tal, un rapaz cheo de ósos, fraco como unha doniña e igual de espelido. Tiña boa man para os xogos dos mozos e moita maña para todos os traballos que aceptaba. Non era malo, mais tampouco se deixaba enganar e, como se dicía do anano, «non había ninguén que lle fixese mal ou ben que non fose debidamente pago.»

Cando a Xenerosa quedou orfa, Xoán tivo un soño esperanzado mais, ante tanto pretendente tan ben situado, pronto se desanimou de lle facer as beiras. Cando se cruzaba con ela limitábase a levar a man ao chapeu e sorríalle, antes de continuar o seu camiño en silencio, tratando de afastar dos seus pensamentos un soño que lle parecía inalcanzábel. Traballou arreo para gañar cartos e cando chegou o momento foi a medirse e ao servizo militar, sendo recrutado pola mínima, e destinárano en Toledo. Lonxe da aldea aprendeu moitas cousas e, entre elas, coidar da terra era o que máis lle gustaba. Unha visita ao Xardín Botánico de Madrid estando de permiso encheuno de asombro e ledicia ante semellante beleza de especies descoñecidas de árbores e plantas, e nos anacos libres decidiu que non se limitaría a coidar a terra, senón que a convertería nun xardín que todos puidesen contemplar.

Tras rematar o servizo militar traballou arreo durante dous anos como xardineiro para o concello de Madrid, e cando reuniu suficientes cartos decidiu regresar a casa. Na súa ausencia, os veciños dixéronlle que os seus irmáns marcharan e a súa nai morrera, e aínda que ninguén o avisara, tampouco era algo que lamentase. Polo si ou polo non, pagoulle a un notario e consultouno para que puxese por escrito os marcos e lindes do casal da súa nai, para que non houbese preitos nin trampas. Nos meses seguintes traballou arreo labrando, estercando e afundido as mans na terra escura con agarimo para a espertar e vestir de vida e verdor. A miúdo viaxaba lonxe na busca das mellores sementes e falou con varios viaxantes para que lle trouxesen especies que nunca se viran na bisbarra de Montes.

Cando estaba na casa, Xoán, que xa era pequeno de por si, camiñaba agarouchado, murmurando unha canción que ninguén chegaba a comprender, como o zoar dunha abella. Cos seus dedos longos de araña Xoán abría paso para as súas sementes e engadía auga e agarimo. O vello casal da tía Evanxelina cubriuse do inverno con madeira nova e as laboriosas mans de Xoán, que non paraba, tallaron nas portas e ventás, flores, uvas e animais cunha habilidade que marabillaba a todos os que o visitaban.

E chegou a primavera, e ante a solicitude e o agarimo do seu dono, a terra espertou de vida e verdor. Nos regos ben trazados agromaron patacas, pementos, fabas, tomateiras, charouvías e berenxenas. O vello pozo da casa quedara limpo e a auga transparente axudaba a crecer as plantas. As vides treparon polos paus de carballo e Xoán guiounas, creando un arco verde esmeralda diante da súa casa. E un día, como se estivesen agardando a súa rolda para aparecer todas dunha vez, o valado da horta encheuse de flores de todas as cores. Había roseiras, caraveis, margaridas, azucenas e outras moitas flores que nunca antes se viran en Montes ou nos seus arredores. E Xoán atopábase no medio daquel edén, que para moitos parecía un milagre ou arte de maxia. Poucos foran conscientes da discreta pero continúa laboriosidade daquel homiño do que moitos rían pola súa estatura.

Excepto Xenerosa. Durante todo aquel tempo poucos se deron conta de que a moza, coa escusa de ir buscar auga á Fonte Vella, de ir buscar as vacas ou simplemente dar unha volta, pasaba todos os días ao lado da casa de Xoán, observándoo en silencio mentres traballaba agarouchado na terra. Finalmente a moza tomou unha decisión en silencio. O mesmo día que fora falar co cura Don Manuel á igrexa de Nosa Señora do O para reservar día para a voda, á volta pasou pola casa de Xoán e foi ela quen lle propuxo matrimonio.

Moitos pensaron que os dous levaran os seus amores en segredo e discreción e, como sempre, houbo listos que afirmaron falsamente que xa o sabían dende había tempo. De feito, o primeiro en saber quen ía casar con Xenerosa foi o propio Xoán.

* * *

Casaron na igrexa de Nosa Señora do O nunha cerimonia que foi moi concorrida. Houbo festa e convite e varios gaiteiros e músicos que viñeron de Verín. Os noivos e os invitados comeron nunha aira da Xenerosa, que daba boa herba e na que se puxeron varias mesas con manteis brancos. Houbo sardiñas, cabrito e bica branca e bo viño tinto das viñas de Don Ramón Bazán, das mellores de Montes. Cando rematou a festa, marido e muller foron tomar as augas a Cabreiroá.

E así comezaron Xoán e Xenerosa a construír a vida xuntos. Con certa timidez ao principio, mais o amor e a paixón agromaban en boa terra entre ambos os dous. Seguiron coas súas vidas pero tamén puxeron os cimentos da vida nova que compartían. Xoán mudouse á casa dos Bazán, unha casa grande e boa no medio de Montes, e o casal da tía Evanxelina converteuse na horta que home e muller compartían, facéndoa medrar cada vez más belida e vizosa con cada ano que pasaba. Xoán non deixaba de ir todos os días, preocupándose das árbores e plantas que fixera crecer coas súas mans.

E un día Xenerosa sentiu unha calor dentro de si e soubo que quedara embarazada. A nova encheu de ledicia a súa casa e os pais fixeron os preparativos para recibir o primeiro do que esperaban fosen moitos fillos. Mercaron roupiña na feira, Xoán fixo un berce de boa madeira de buxo, tallándoa coas súas mans habilidosas para sacar figuras do seu interior. E os meses pasaron nunha feliz espera, mentres o bandullo de Xenerosa inchaba co paso do tempo e a súa faciana branca se volvía colorada coas cores de nai.

* * *

Unha mañá de marzo, Xoán foi á horta do casal, que cada vez máis recibía o nome de Casal do tío Xoán e menos da tía Evanxelina. O verxel da súa horta enchíao de especial orgullo e agora que pronto ía ser pai, quería facer algo especial para recibir o seu fillo. Ao día seguinte de que Xenerosa lle propuxese matrimonio plantara unha cerdeira xunto á entrada da horta e agora quería facer algo semellante para o seu Xanciño ou Xanciña.

Meditárao un tempo e, finalmente, decidira plantar unha planta de meloeiro na horta. Lembraba que, cando Xenerosa lle anunciara que ían ser pais, viulle ao caletre a súa lúa de mel e o melón con xamón que tomaran nun restaurante de Verín. Así que, tras preguntar entre os veciños e viaxantes, finalmente conseguira unhas pebidas para sementar, dunha variedade verde que dicían que era moi boa. Aquela mañá colleu o sacho para ir á horta e buscou un lugar onde as sementar.

Non era doado, pois a pequena horta estaba cada vez máis ateigada de plantas e flores, mais Xoán pensou nun castiñeiro que plantara o seu pai antes de que el nacera e que quedaba na parte de atrás do casal. Nalgunha ocasión Xoán pensara en cortalo e plantar outra cousa, pois lle traía malas lembranzas da miseria e a fame da súa infancia, mais nunca se decidira e, ao final, convertera aquel sitio no lugar onde acumulaba as follas secas e o estrume para facer bo esterco. O terreo era moi fértil e sen dúbida alí, á sombra do castiñeiro, os melóns agromarían vizosos.

O terreo á sombra do castiñeiro estaba húmido e fresco. Primeiro, Xoán apartou as follas e o estrume que acumulara e, despois, comezou a fender a terra branda con golpes firmes do seu sacho. A terra era negra e escura, e as miñocas comezaron a se remexer, molestas pola irrupción da luz. Xoán sabía que non facía falta cavar moi fondo, mais quería remover ben a terra para facilitar que as raíces asimilasen a auga e o estrume. De repente, sentiu que o sacho batía con algo duro e pensou que se trataba dunha pedra. Deu un tirón, mais aquilo resistía e finalmente rachou cun son de humidade.

Semellaba un penedo cheo de lama escura e Xoán recolleuno coa man. Dous ollos baleiros nunha pequena caveira miráronno sen vida.

Xoán soltou a caveira asustado e deu un paso atrás. Inclinouse para ver aquilo e viu que, en efecto, era un cranio pequeno, que rachara co golpe do sacho, e que tiña un cravo enferruxado asomando na fronte.

Inclinouse no lugar onde estivera cavando e notou que asomaba outro cranio e varios ósos, xa vellos e podres, coa cor da lama a se mesturar co branco dos esqueletos. Sachou un pouco máis para saber que podía ser aquilo e, con cada golpe que daba, un chispazo de dor estouraba na súa memoria.

Volveron as lembranzas da nenez, da miseria, da fame e dos

golpes que recibía da súa nai bébeda. Dos berros aterrorizados dos seus irmáns pequenos, que se mesturaban cos seus cando a nai lles bouraba cun cinto que pertencera ao pai. Imaxes de cando a súa nai lle cangara unhas tesoiras nun arrebato de furia, de cando os maldicía, chamando os demos para que os levasen e os insultaba. Lembrou os castigos crueis e sádicos cos que aquela mala nai desafogaba a súa frustración pola vida que lle tocara vivir.

Xoán era o maior dos tres irmáns, todos fillos de pais diferentes. Cando tivo idade abondo marchara de casa, con certo remordo de conciencia por deixar atrás ao Xosé e ao Xurxo sós coa nai. Cando volveu, os veciños dixéranlle que os dous irmáns marcharan un día para non volver e que a tía Evanxelina seguira bebendo e maldicindo até rematar por se consumir soa. Xoán non fixera máis preguntas e botara unha lousa sobre o pasado, pensando en comezar de novo.

Pero aqueles esqueletos eran a testemuña de que os seus irmáns nunca chegaran a marchar. Levou as mans á cabeza e nun torrente escuro pensou na súa nai espertando unha noite chea de carraxe e farta de todo até a loucura, botando man da botella e nun pensamento atroz entrando silandeira no cuarto dos fillos, cravándolles dous cravos na fronte e enterrando os cadáveres baixo do castiñeiro da horta.

Xoán comezou a xemer e a respirar apresuradamente. Puxo o cranio do seu irmán —sería Xosé ou Xurxo?— de volta na foxa, botou de novo terra por riba e saíu con présa da horta. Non se deu conta de que esquecera as pebidas de melón nun montonciño ao lado do castiñeiro, agardando a ser sementadas. Mais o medo, a tristura e os nervios apoderáranse por completo do home, que estaba fóra de si, tremendo con cada alancada que daba mentres pensaba en que facer. Debía chamar ao cura Don Manuel, sacar aqueles esqueletos da terra e darlles cristiá sepultura... mais os pensamentos do que lle ocorrera aos seus irmáns desacougábano por completo, mesturándose coas terríbeis lembranzas da súa propia infancia.

Finalmente, o seu corazón non puido máis e, cando chegou ante a porta de casa, derrubouse no chan como se o alcanzara un raio.

—Xoán!

Xenerosa vira o seu home chegar correndo e sen folgos, e saíu da cociña até o limiar para saber o que ocorría. A visión de Xoán caendo fulminado encheuna de anguria, e tivo que sentar na escaleira para recuperar os folgos e non caer ela tamén. Loitou contra a forte impresión de presenciar aquela morte a ter lugar xusto diante dela e, ante semellante susto, sentiu como algo rompía no seu interior.

***

O enterro de Xoán trouxo os veciños de Montes e doutros pobos da bisbarra. Parentes e amigos do defunto, a familia Bazán e a familia Páez coincidiron no cemiterio da igrexa de Nosa Señora do O. O sentimento de tristura era xeralizado, pois moitos vían na morte daquel home a fin dun matrimonio moi querido e respectado. Mesmo os antigos pretendentes de Xenerosa, cheos de celos por non teren sido elixidos, gardaban silencio impresionados polo que pasara.

Porque naquel enterro non só ía Xoán. De resultas da impresión sufrida, Xenerosa perdera a criatura que esperaban, mais a muller non permitiu que a debilidade e a dor que sentía no seu corpo e na súa alma a dobregasen. Axudada polas tías e curmáns vestiu o loito que lle correspondía e coa axuda dun bastón acompañou o cadaleito no que ían o seu home e o seu fillo non nato na derradeira viaxe. O cura Don Manuel apenas podía conseguir palabras de consolo para os seus fregueses, pois non as podía atopar para el.

***

Pasou o primeiro mes do loito e, finalmente, Xenerosa sentiuse con forzas para visitar a horta do seu home, na que tanto agarimo e traballo puxera. Enxaugou as bágoas e pola mañá cedo foi co seu sacho a lle abrir a auga do pozo ás plantas.

Por sorte non pasara tanto tempo e, ademais, algún veciño tivera o detalle de regar a horta para evitar que aquel verxel murchase. Varias plantas estaban dobradas co peso dos froitos, e algún podrecera, mais non era nada que non puidera aquelar. Pasou a mañá regando, recollendo nunha cesta tomates, pementos e berenxenas, e, dalgún xeito, sentía como se conectase co seu marido defunto, que sen dúbida debía de estar olléndoa desde o ceo. Cando rematou de regar e ordenar a horta, colleu os froitos podres e levounos á esterqueira, xunto do castiñeiro que plantara o seu sogro, ao que nunca coñecera e, segundo lle dixera o seu marido, mellor non coñecer.

Cal foi a sorpresa de Xenerosa cando viu que o lugar da esterqueira fora sachado e, no seu lugar, agromaban as primeiras follas dun meloeiro. Lembrou que Xoán quería sementar unhas plantas de melón para celebrar a chegada do seu fillo e conmoveuse co pensamento de que o seu home conseguira cumprir aquel desexo antes de morrer. As bágoas humedecéronlle os ollos e tomou a decisión de que coidaría daquelas plantas en lembranza do seu home e do seu fillo.

Regou os brotes que asomaban na terra escura, foi buscar un pouco de esterco e tamén llo botou, remexendo a terra húmida con moito coidado de non romper as raíces, cantaruxando unha cantiga de berce que lle veu naquel momento á mente. Cando quedou satisfeita, volveu á casa para preparar o xantar. Aquela plantiña comezou a agromar pouco a pouco no seu corazón.

O vento do mediodía axitou as pequenas follas verdes da planta de melón. Os paxariños cantaban.

***

A toupiña abríase paso entre as raíces do castiñeiro, buscando miñocas que comer. No seu pequeno siso pouco máis cabía que o impulso de se abrir camiño baixo da terra e buscar comida. De súpeto, chegou ao seu fociño o cheiro inconfundíbel das miñocas e abriuse paso cara a adiante sen parar. No seu camiño interpuxéronse os restos dun animal que non coñecía, co cheiro de podremia e morte. As miñocas non debían de estar lonxe. Abriuse paso entre aquelas raíces brancas e que lle resultaban alleas até que atopou o que buscaba. Antes de que puidera fuxir, mordeu con firmeza.

Aquilo non era unha miñoca, era algo vexetal. Porén, antes de o poder soltar e cun movemento imprevisto, aquela cousa metéuselle na gorxa como unha serpe e cunha forza brutal perforoulle o veo do padal. Nun capelexar, chegou até cerebro e levou a unha morte inesperada a aquela toupiña que só buscaba algo que comer.

As raíces da planta de melón envolveron a súa presa. Ela tamén sabía que tiña que comer, e a auga e o esterco non lle chegaban. Os rizomas beberon o líquido vermello do corpo daquel animal, moito máis nutritivo, e pouco a pouco comezaron ao desfacer.

***

A noite caera e a lúa estaba no ceo. Aínda que a aldea de Montes calara, iso non impedía que outras criaturas comezasen a súa xornada. A horta da tía Xenerosa non só era unha ledicia para o ollar, senón que o seu arrecendo atraía os seus propios comensais. Un coello escarvou por debaixo do valado e ante os seus sentidos abriuse un tesouro de aromas e formas como nunca vira antes. Percibiu o cheiro vermello e doce das tomateiras, a frescura das leitugas, o arume das patacas durmindo baixo da terra, e comezou a triscar aquí e acolá sen se deter moito tempo nun mesmo sitio.

De súpeto, chegou un cheiro máis forte que ningún, procedente do pé dunha árbore. Tras tentar desconfiado no ar da noite, aventando a posíbel presenza dalgún can ou raposo, o lambón choutou dun rego a outro para acadar a orixe daquel recendo, onde unhas folliñas verdes e tenras agromaban provocadoras da terra. Impulsado polo seu instinto animal, mordeu a primeira das follas e soubéronlle a gloria, provocando un calafrío de pracer gustoso no seu corpo.

Algo enganchouno polas patas de atrás. Deu un chimpo con todas as súas forzas, mais non lle serviu de nada. Parecía que caera nun lazo de ferro, que tiraba del e o arrastraba debaixo da terra, afundíndoo na escuridade. Deu un derradeiro chío estarrecedor mentres a terra se fechaba en torno del e unhas raíces ansiosas comezaban a atravesar o seu corpo como agullas, buscando alimento.

***

Os froitos da horta do tío Xoán... ou da tía Xenerosa, como comezara a chamarse desde que o seu dono finara, non só eran motivo de marabilla, senón que atraían o maxín dos larpeiros. Certo era que os donos non tiñan inconveniente en compartir a colleita coa veciñanza, mais sempre había quen, impulsado pola gula e a morbosidade do prohibido, saltaba o valado para roubar un tomate, unha cebola ou un pemento. Destes ladróns, os rapaces eran os máis atrevidos. Entraban con coidado cando se aseguraban de que non había ninguén que os puidese delatar, botaban unhas uvas ou unhas cereixas no peto e saían correndo.

Balbino era un dos rapaces máis asiduos a ir coller froita á horta do tío Xoán. De feito, coñecía tan ben o sitio que improvisara un par de acubillos entre as plantas das fabas para pasar desapercibido. En máis dunha ocasión estivérano a punto de pillar, mais era un rapaz espelido e sentía un grande orgullo de se coar sen ser visto en hortas e mesmo en casas alleas. Non era tanto por roubar ou por necesidade, simplemente aquilo constituía un xogo, un desafío, no que estaba disposto a gañar. Ás veces nin sequera collía nada, simplemente entraba e saía dun lugar, satisfeito da súa habilidade.

Nunha das súas visitas á horta viu a planta do meloeiro e relambeuse ao ver as flores daquel mato, pensando nos doces melóns que non habían tardar moito en agromar e madurar. Durante os días seguintes non deixou de visitar o meloeiro, incluso regouno cando pensaba que lle faltaba auga, pensando que dese xeito pagaba de sobra o melón que ía levar cando chegase o momento.

Os días convertéronse en semanas e o meloeiro xa se estendía pola horta nunha serie de follas e talos tan espesos que un rapaz de dez anos como Balbino ben se podía ocultar entre o seu verdor. Dalgún xeito aquela planta o atraía, non só polo doce premio que agardaba, senón tamén porque, por algún motivo, comezaba a considerala «súa».

E un día, xa preto do verán, Balbino achegouse ao meloeiro nunha das súas visitas furtivas. Os melóns comezaban a agromar e inchar, e pronto estarían maduros para comer. Porén, a medida que se aproximaba, viu un movemento entre as follas e o rapaz pensou molesto que algún dos seus compañeiros de xogos da aldea de Montes descubrira o seu segredo. Barallou a posibilidade de coller un croio para marcar os seus límites, mais en principio avanzou con aire conciliador.

—Ola, quen está aí?

As follas do meloeiro remexéronse ante a pregunta. Silencio. Mais, de repente, formouse una resposta.

—Aííí... —era unha verba dificultosa, como se quen falase estivese a quedar sen aire e lle custase formar a palabra.

—Ola?

—Olaaa...

Balbino achegouse máis, estrañado. Era un voz infantil, mais non era a de ninguén que coñecese. Viu unha cabeza asomando entre as sombras e as follas do meloeiro. Internouse no medio da planta, mais aquela figura parecía retroceder. O rapaz pensou que o compañeiro debía de terlle medo por pillalo na horta. Decidiu amosarse conciliador.

—Tranquilo. Queres xogar?

—Xogaaarrr...

A figura entre as sombras avanzou lentamente cara a Balbino e entón puido velo con claridade.

Era un rapaz agarouchado, máis ou menos da súa idade, e ao mesmo tempo non era un rapaz normal. Tiña a pel verde, con vetas escuras e aparentaba rugosa como a dun sapo. A súa cara mirábao sen ver, sen ollos, e cunha «boca» que parecía feita cun tallo de coitelo e que amosaba un interior amarelento e viscoso, con fíos de baba a se derramaren polas comisuras. Parecía arrastrarse en lugar de camiñar e Balbino contemplou sorprendido que tiña os pés afundidos na terra e que, máis que camiñar, se estendía cara a el. O rapaz estricou unha man verde e fibrosa, como se estivese feita de enredadeiras e con raíces en lugar de dedos.

—Xogaaarrr...

Balbino estaba paralizado de medo no sitio. Sentiu unha calor húmida entre as pernas e un berro comezou a se acumular na súa gorxa. De repente quixo fuxir, mais deuse conta de que as follas e as ramas do meloeiro fecháranse ao seu redor e, de súpeto, a man daquel neno apresoulle as fazulas.

—Xogaaarrr...

Houbo movementos axitados e desesperados entre as follas e, despois, o silencio.

***

A ausencia de Balbino provocou alarma en Montes. Os veciños buscaron polas leiras, nos soutos, nas casas vellas e nos pozos e minas, mais non o deron atopado. Houbo quen dixo que, se cadra, o comeran os lobos ou que o levaran uns xitanos portugueses, e tamén quen dixo que o viran na feira de Verín. Porén, a busca non deu resultado e a medida que pasaba o tempo foise abandonando. Os pais gardaron loito, aínda que conservaron certa esperanza de que rematase aparecendo. Con toda a resignación que puideron, consolaron os irmáns do rapaz e retomaron as súas vidas.

***

A tía Xenerosa ía todos os días á horta que plantara o seu defunto marido. Dalgún xeito sentía que aquel lugar a conectaba con el e enchíase de ledicia ao ver como agromaban as froitas e as plantas. En maio as flores cantaron unha sinfonía de cores e a muller sentiuse satisfeita. Recolleu varios ramos e levounos á tumba de Xoán e tamén ofrendou varios deles a Nosa Señora do O.

Pero, de entre todas as plantas da horta, a que máis alegría lle producía era o meloeiro que plantara Xoán e que vira medrar aos poucos, agromando timidamente da terra e convertíndose nunha planta grande que xa rodeaba o castiñeiro cunha coroa de follaxe verde escura, da que xurdiron flores amarelas que logo estouparon en pequenos melóns dunha cor verde pálida.

Normalmente Xenerosa deixaba o meloeiro para o final, botándolle auga e esterco con agarimo cando era preciso, quitándolle as malas herbas e espantándolle os insectos. Mentres facía este traballo cantáballe cancións de berce e da súa infancia e dáballe a impresión que a planta escoitaba, movendo as follas e os talos... Aínda que, quizais, só fose o vento. Estaría virando tola pola ausencia do seu querido Xoán?

Mais aqueles momentos no meloeiro constituían un desafogo ao que Xenerosa non estaba disposta a renunciar. Desde que se adicara a coidar a horta, fora abandonando a tristura do loito e as lembranzas do seu home xa non lle doían. Que dano facía? Así que lle seguiu cantando á planta e, pouco a pouco, cobrou máis confianza e comezou a tratala como ao neno que perdera antes de nacer, acariñando as follas e dicindo «Que grandiño vas... meu ben, meu caravel, Xanciño...»

Algún dos veciños de Montes, que pasaban polo camiño que rodeaba a horta, sentíana en ocasións cantar ou falar soa na parte de atrás, mais, pasada a sorpresa inicial, seguían camiñando con certa tristura, pensando que a soidade terminara afectándolle.

E cando os primeiros melóns maduraron, Xenerosa decidiu recoller un e levalo para a casa. Sorprendeuse de que non fose preciso cortalo. En canto puxo as súas mans no froito, este desprendeuse só da planta, como se llo entregase de xeito voluntario.

—Grazas —dixo, e pareceulle que as follas se sacudían, como se fixesen un xesto de aprobación.

Aquel primeiro melón era doce e suave, e ao mesmo tempo tiña un aquel amargo, que provocaba morriña de tempos mellores. Cando a tía Xenerosa o rematou, caíanlle as bagoas, pensando no seu marido Xoán e no seu Xanciño que non chegara a nacer. Aquel meloeiro que agromara na horta sen dúbida era unha bendición do ceo.

Nos días seguintes agasallou a outros veciños cos melóns da colleita que ían madurando. E todos os que os probaban coincidían en que nunca comeran uns melóns tan ricos. Despois de rematalos, todos gardaron as pebidas para sementar nas súas leiras.

***

Pasou o verán e chegou o outono, e a tía Xenerosa seguía indo á horta. Pasara a tempada dos melóns para desilusión de quen os probara, mais aínda quedaba unha planta vizosa coa promesa dunha nova colleita para o ano seguinte. Parecía que o meloeiro precisaba poucos coidados, xa que medraba só con pouca axuda, mais, polo si ou polo non, Xenerosa seguía regando e botando esterco cando o consideraba necesario.

Aquela mañá decidira despexar un espazo xunto ao meloeiro e facer así máis sitio para que a planta se estendese. Cun fouciño cortou as malas herbas e co sacho arrancou as raíces, tendo moito coidado de non danar o meloeiro. Cando lle pareceu, detívose a descansar á sombra do castiñeiro e bebeu un pouco de auga fresca.

As follas do meloeiro axitáronse con forza, cun son seco de talos e terra apisoada, e Xenerosa pensou que algún animal se metera alí, quizais un coello ou un paxaro. Ergueuse para o espantar e a planta abriuse, deixando ver unha escena que a deixou marabillada e sorprendida á vez.

Era como se a mesma terra estivese a dar a luz. Os terróns escuros comezaron a avultar, erguéndose como unha toupeira, para separárense aos poucos e deixar saír o rostro dun neno duns dez anos, que se sacudiu a terra con xesto incómodo. Aquel neno conseguiu librar o pescozo ante o ollar marabillado e sorprendido de Xenerosa, que estaba paralizada mirando o imposíbel.

Os braciños do neno emerxeron da terra e facendo forza con eles conseguiu sacar o resto do corpo nu. Toda a pel era verde como a dun melón e en lugar de cabelos tiña un mato de enredadeiras e follas na cabeza. De socato, abriu os ollos, que eran como dúas xoias esmeralda, sucados por unha pupila escura que parecía abarcalo todo. Mirou fixamente a muller que o observaba en silencio, coas mans no peito para manter os folgos.

—Nai... —dixo o neno.

—Fillo! —contestou Xenerosa levada pola emoción e as bágoas. Sen pensalo, abrazou aquel neno que se cambaleaba no meloeiro e axudouno a se erguerse mentres lle daba un abrazo e o estreitaba contra si. A mente da muller rematara de rachar, esnaquizada pola visión que tiña ante ela e os sentimentos que gardaba no seu interior, e que se derramaron nun torrente. A irracionalidade impúxose e Xenerosa afundiuse no pozo daquela gozosa loucura que se ofrecía ante ela.

* * *

Xenerosa levou o seu neno até a casa en segredo, para que non o visen os veciños. Superada a primeira impresión, sabía que provocaría un enorme balbordo e curiosidade e, quizais, incluso medo e rexeitamento. Aínda que o cura Don Manuel era un home de bo corazón, aquel neno xurdido da terra, a pesar do seu ánimo doce, ben podía ser confundido cun diaño do inferno. Así que Xenerosa decidiu que coidaría do seu fillo, mais apartado do resto da xente.

Aquela mesma tarde sacou do armario roupa do seu marido e fíxolle un pantalón e unha camisola, aínda que o certo é que aquel neno non tiña un sexo aparente que indicase que era un neno ou unha nena, poida que pola súa estraña natureza vexetal. Porén, dalgún xeito, Xenerosa pensaba que aquel fillo era o legado do seu home, así que decidiu chamalo Xanciño.

—Xanciñooo... —tiña un falar moi pavero, arrastrando as sílabas finais como se non soubese parar.

Tamén aprendía rápido. Xenerosa descubriu que sabía de memoria as cantigas que ela estivera cantando na horta durante aqueles meses e que as repetía cunha voz suave e infantil. E tras as vacilacións iniciais camiñaba igual de ben ca ela. De feito, pronto comprobou que era capaz de repetir rápido todo o que dicía até formar unha conversa propia, e que tamén era quen de repetir todo o que ela facía.

A medida que pasaban os días tamén se foi dando conta doutras particularidades do seu fillo. Bebía moita auga, o que parecía natural, e sempre estaba calado e tranquilo, sorrindo en silencio até que se dirixía a el, e entón falaba con voz suave e clara, deténdose cando tiña que utilizar unha palabra que non coñecía.

Xenerosa tiña medo de que alguén descubrise a Xanciño, así que lle improvisou un cuarto no faio e, cando tiña que saír, fechaba a porta, non fose que alguén o descubrise por casualidade. Explicoulle ao rapaz que non debía deixarse ver polos demais e Xanciño aceptou sen máis. Sempre que Xenerosa se ausentaba, permanecía quieto na casa agardando por ela e, á súa volta, falaban toda a noite até quedaren durmidos.

* * *

O comportamento da tía Xenerosa preocupaba os veciños de Montes.

Algún comentaba tristeiro que a viuvez e a soidade estaban toleando a pobre muller. Desde había unhas semanas saía pouco da casa e ademais fechábase dentro e falaba soa, ou iso crían. Xa non ía tan a miúdo á horta do seu home e sempre parecía ir con présa dun lugar ao outro. Mesmo algunha curmá a convidara a pasar unha tempada en Verín, á festa do San Lázaro, pero Xenerosa rexeitara a invitación.

Máis preocupante era o feito de que a muller parecía estar quedando sen pitas. Ás poucas semanas o seu galiñeiro quedara baleiro e, cando lle preguntaban, Xenerosa dicía que era cousa do raposo. E talvez fose así, porque nas semanas seguintes comezaron a desaparecer algúns polos. Algún veciño decidiu poñer lazos, mais aquel raposo era moi listo porque non o deron atrapado. De calquera xeito, os ataques cesaron ao pouco tempo.

E entón comezaron a xurdir rumores. Xenerosa compraba polos e carne aos veciños nunha cantidade que non deixaba de chamar a atención. Moita carne era para unha muller soa... E o tío Xena, que pasara un día de madrugada xunto da casa da Xenerosa, xurara que estaba falando con alguén que tiña voz de neno, pero como o tío Xena acostumaba a beber de máis, ninguén lle fixo moito caso.

E así pasaron os anos. Co tempo a excentricidade da tía Xenerosa foi desculpada e aceptouse por consenso popular. Non era a única dos veciños de Montes que andaba un pouco trastornada e, así e todo, era pouco defecto nunha muller tan querida na aldea.

***

O tío Nicolás foi ver a tía Xenerosa. Había días que os veciños non a vían e xa era unha muller maior, aínda que rexa. De feito, unha curmá da Xenerosa pedíralle ao Nicolás que fose vela para saber se estaba ben e se precisaba algo, porque cada vez pasaba máis tempo encerrada na casa. Mentres petaba na porta, o Nicolás pensaba en que ultimamente os lobos estaban moi atrevidos, pois había ben pouco que lle mataran dez ovellas ao pastor. Chamou e chamou, mais ninguén acudiu a abrirlle, así que decidiu mirar pola xanela.

Algo moveuse rapidamente desaparecendo da vista, porén, o primeiro que viu o tío Nicolás foi á Xenerosa tombada nun banco de madeira como se durmise, coas mans cruzadas no peito. Persignouse e tratou de abrir a porta empurrando con todas as súas forzas. Os gonzos renxeron, mais eran vellos e finalmente remataron por ceder.

A casa cheiraba a fume, poalla e morte. A tía Xenerosa seguía tombada no banco de madeira e o Nicolás confirmou os seus peores presentimentos. Volveuse persignar e achegouse ao cadáver. A muller pasara dos oitenta anos, no entanto, nin a mellor das saúdes nin dos ánimos poden impedir a chegada da morte cando chama por un. O estraño era que a muller estaba colocada dereita, coas mans sobre do peito, cos ollos fechados e un sorriso sereno de quen se atopa en paz consigo mesmo. Aquilo non eran normal, alguén tivera que a colocar naquela postura no banco. Nun dos dedos da muller relucía a súa alianza de ouro e o Nicolás estendeu a man, levado por un impulso repentino...

—Non a toques!

O Nicolás deu a volta dun chimpo, sorprendido na súa cobiza. Para a súa sorpresa, mirándoo con ollos acusadores, había un neno de pel verde subido na mesa, agarouchado como un gato a piques de saltar. Vestía cunha camisola branca e con pantalóns negros de pana. O home cambelou cara atrás ante semellante aparición, sinalándoo co dedo...

—O demo...! O demo!

—Teño fame —o neno saltou da mesa e abrazouse a Nicolás con brazos e pernas coa forza do ferro, rompéndolle unha costela. Os dedos craváronse a través da roupa, abríndose paso na carne. O home berrou e berrou, mais en cuestión de segundos estaba morto, mentres unhas raíces máis duras que a madeira se lle metían no corpo e lle zugaban o sangue até o deixar seco.

Cando os veciños acudiron aos berros, viron o cadáver da tía Xenerosa tombado no banco da cociña e aos seus pes coa mirada aterrorizada e a boca aberta nun ángulo imposíbel o corpo do tío Nicolás, que tremía coas convulsións da morte. Algo o zugara, deixándolle o corpo branco e engurrado, e comezara a comelo, pois unha boca chea de dentes afiados lle arrincara un anaco de carne do pescozo, mais apenas derramaba sangue por aquela ferida.

***

Os veciños da aldea de Montes reuníronse na igrexa de Nosa Señora do O e falaron co cura Don Miguel. Moitos dicían xa que o demo estaba na aldea, e os escépticos pronto quedaron convencidos cando viron o cadáver do tío Nicolás. Algún mesmo dixo que a tía Xenerosa debía de ser unha bruxa e que o demo a fora buscar. A histeria comezou a estenderse, aínda que ninguén sabía con seguridade a que se enfrontaban.

Nas noites seguintes comezaron a morrer galiñas, ovellas e outros animais. Case todos eles desaparecían, mais algúns foron atopados, zugados de sangue e a medio comer. Comezou unha busca frenética e o cura non daba abasto bendicindo casas e cortes para que o demo non entrase nelas, mais todo era en van. Algunhas familias decidiron marchar a outras aldeas cos seus parentes. A familia da tía Xenerosa tivo que a enterrar discretamente noutra parroquia, pois os veciños non a querían no cemiterio. De respectala en vida, pronto pasaron a odiala, chamándoa bruxa, feiticeira e cousas peores. A casa da tía Xenerosa ardeu unha noite en chamas, e ninguén soubo quen lle prendera lume e ninguén se molestou en apagar o incendio. Os veciños que vivían preto da casa xuraron escoitar un neno berrando e chorando mentres a casa ardía, mais ninguén viu nada.

A histeria e o medo reinaban en Montes e a xente rezaba, desconfiaba ou marchaba, segundo o terror a empuxase.

O incendio da casa da tía Xenerosa marcou unha inflexión nos ataques. Agora o demo non se contentaba con matar animais. Dúas familias que vivían preto da casa ardida desapareceron unha noite sen que ninguén soubese dar razóns. Finalmente, os veciños tocaron a concello e decidiron facer fronte a aquela besta. Rexistraron a aldea, os pozos e as cortes, mais non atoparon nada.

Alguén sinalou acertadamente que se o demo viñera por causa da tía Xenerosa, sen dúbida debía de estar nas súas terras. Rexistraron as adegas e o muíño que pertenceran á muller e botáronos abaixo, e deron a voz de alarma cando viron a un pequeno diaño verde acubillarse na horta da tía Xenerosa. Os veciños da aldea xuntáronse e rodearon a horta, armados con fouciños, forcas, sachos, paus, pedras e mesmo coas escopetas dos cazadores. A ira da multitude reunida encheunos de carraxe, foron buscar leña e palla, botáronos por riba do valado da horta e prenderon lume.

As chamas non tardaron en se elevar, ansiosas de queimar e consumir. O verdor da horta escureceu e quedou envolto en fume, mais os veciños seguiron a botar leña, palla e xestas e todo o que puidese arder, até que as plantas da horta remataron convertidas en cinzas. Finalmente, o lume alcanzou o casal e o castiñeiro que medraba detrás e pronto todo estivo envolto en chamas. A xente berraba a unha, como se estivesen nunha festa.

De súpeto, unha pequena figura ennegrecida apareceu no tellado do casal, bulindo como un lagarto a catro patas. Incorporouse e todos os presentes puideron ver que era algo semellante a un neno, unha criatura que os miraba con carraxe e cos ollos cheos de ferocidade. A multitude comezou a tirarlle pedras e algúns dispararon, outros blasfemaron e outros persignáronse, rezándolle a Deus e aos santos. Mais aquel demo estaba canso de fuxir. Mentres os disparos e as pedras o golpeaban sen lle facer dano aparente a figura ergueu os brazos cara ao ceo e berrou de xeito que todos o puideron escoitar:

—Nai! Nai! Marcho contigo!

A continuación lanzouse no medio das chamas que queimaban a horta en que nacera e desapareceu.

O lume durou toda a noite e os veciños mantiveron a garda, mais non quedou nada vivo en medio das pedras e táboas caídas do casal da tía Xenerosa. A horta fora reducida a cinzas e removeuse a terra buscando o corpo do demo, mais a maioría creu que se afundira na terra para volver ao inferno do que saíra.

***

Porén, malia que o demo morrera no incendio, Montes quedou tocada de morte. Varias familias desapareceran durante aqueles días aterradores e as que sobreviviron non querían ficar nun lugar que se lles antollaba maldito. Ante a marcha dos seus fregueses, o cura Don Miguel falou co bispo de Ourense e conseguiu o permiso de trasladar a parroquia de Nosa Señora do O a unha aldea veciña. En poucos anos, só quedaban uns cantos veciños que viñan coidar algunha leira, mais eran os menos os que se atrevían a pasar moito tempo entre as ruínas do que fora a aldea de Montes. Cando pasou a guerra civil, a aldea e as terras dos arredores quedaron completamente abandonadas, e nin sequera os pastores levaban os seus rabaños alí.

Hoxe, todo o que queda de Montes son unha serie de vellas paredes de lousa envolvidas pola maleza, que conseguiron resistir o paso do tempo. O antigo camiño, que a cruzaba polo medio, converteuse nunha pista de asfalto que a abriu a modernidade, mais ningún dos viaxeiros ocasionais, nin os de a pé nin os que van en coche, teñen moito interese por parar no lugar. Nas aldeas dos arredores aínda quedan vellos que lembran o «demo de Montes» e que afirman telo visto na súa nenez a noite en que foi queimado polos veciños. Aseguran que co tempo a maleza invadiu a aldea e que, por algunha razón, os meloeiros medraron alí ceibes e salvaxes, e que nas noites de lúa escóitanse risos de nenos e vense pequenas figuras correndo entre as ruínas.

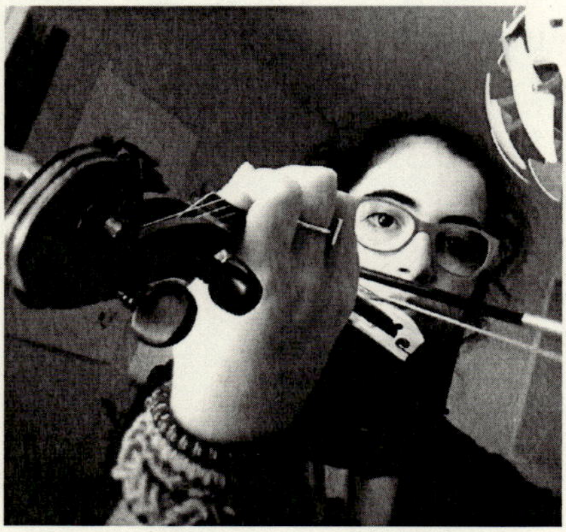

Violeta practicando a nobre arte faquir de comer violíns

Ben, non sabería que dicir. Se por algunha razón queredes saber a miña data exacta de nacemento, nacín o 3 de novembro do 2003. Se por algunha razón queredes saber o lugar onde o fixen, foi en Barcelona. Mais, que importa onde o fixen e cando? O lugar e a idade, para isto, non é nin necesario sabelas. Ben, se tedes curiosidade, aí as tedes. Mais agora comecemos cos demais datos.

A ver, son a irmá maior de dous individuos e a filla doutros dous. Teño tres cadelas tolas e unha roedora do deserto de Mongolia á que lle encanta o plástico e detesta que vexamos películas. Vivimos nunha aldea no medio da montaña e adoramos vivir nela.

Alén diso, direi os meus gustos. Encántame o debuxo, pois fágoo desde case sempre, e tamén sacar fotos, escribir (como xa sabedes) e, desde hai menos, tocar o violín. Por outro lado, detesto ir a clase, estudar, facer deberes, perder tempo e madrugar. E, por suposto, as redes sociais.

E non sei, podería seguir dicindo cousas demasiado concretas ou demasiado básicas, así que rematarei dicindo até logo. Como se soe facer.

As Verdades

por

Violeta González

Entón, a porta abriuse. Entrou un frío xeado, que deseguida abanicou a estancia, converténdoa no sitio máis incómodo do planeta. A enorme mesa que estaba no centro da sala arrefriouse. As cadeiras que había ao seu redor arrefriáronse. Todo o existente nese cuarto arrefriouse.

Tamén entrou luz. A pálida luz entrou á vez que se abría a porta, deixando un aura flabeliforme no chan.

O silencio xa estaba cando chegou. Non se oía máis que o vento invernal, que levaba consigo as follas secas das árbores, as toses para a xente sen bufanda, e a desesperación para a xente sen fogar.

Por último, entrou na estancia, cunha maleta e un sombreiro, o home 1.

O home 1 era o home 1. Non tiña máis. Era alto, delgado e nunca se lle vía a cara. Era como o cadro «O fillo do home», de René Magritte, misterioso e sen cara. Ninguén sabía nada sobre o home 1.

O home 1 fechou a porta, sentou nunha das cadeiras e agardou. Pasou un minuto. Pasaron dous. O único que se escoitaba na sala era o tic-tac do reloxo do home 1. Porque, por se non o sabedes, unha das cousas estrañas do home 1 é que sempre leva reloxo, mais nunca o mira. Xamais o mirou e non ten intención de o facer, pois o home 1 pensa que as horas non importan, o que realmente importa é o que fas nelas. Aínda así, leva reloxo, e ninguén sabe ben por que.

Seguiu pasando o tempo. O home 1 permanecía sentado na mesa sen se mover. Mirou o cuarto. Non había moito. Era como a estancia lúgubre dunha casa abandonada. A escuridade, coas súas manchas negras, cubría a sala con esa tinta que só se pode limpar coa luz, algo que escaseaba nese tinteiro xa cheo. Entón, o home 1 abriu a maleta e sacou dela un caderno gris, unha pluma de tinta azul e unha mazá vermella e puxo as mans sobre a mesa, entrelazadas, porque nese mesmo intre apareceu, abrindo a porta, a muller 1.

A muller 1 levaba o cabelo longo e castaño, un vestido de veludo azul e unha maleta igual á do home 1.

Ela sempre fora unha persoa estraña. Ao igual que o home 1, era descoñecida pola sociedade e moi admirada á vez. Ela vive no seu mundo e case nunca fala con ninguén. Para a xente é estraña e misteriosa. Tamén a muller 1 é a muller 1.

Nin sequera saudou ao home 1. Fechou a porta rapidamente e, sen pararse, sentou nunha cadeira, sacou o seu caderno gris e a súa pluma e ficou quieta a esperar con el.

A muller 1 non miraba o home 1, mais este si que a miraba. Era estraño que o home 1 mirase alguén. Normalmente, só miraba o chan e os seus apuntes, porén, nese intre, non só a miraba, senón que parecía examinala. Ninguén sabe por que nin a quen fai o home 1 os coñecidos «exames rápidos». Estes exames, que só fai o home 1, comezan en calquera momento e sen un motivo coñecido. Podes examinar alguén por moitas razóns, como para unha revisión médica ou para unha proba de matriculación, mais as razóns deses exames sempre se saben. Os do home 1 non.

A muller 1 comezou a se incomodar. Sabía que a estaba mirando. Pasou un pouco de tempo, mais á muller 1 pareceulle unha eternidade. Por fin, decidiuse a falar:

—Que que queres?

O home 1 non contestou. Deixou de mirala, abriu o caderno e púxose a escribir. A muller 1 volveu mirar o chan e calou. Entón, xusto cando o mundo parecía deterse, entrou a muller 2.

A muller 2 abriu a porta moi rápido. Entrou na estancia e mirou ao seu redor. A muller 2 era distinta ao home 1 e á muller 1. Ela tiña moitas persoas na súa vida ás que quería. Era faladora e divertida, e mesmo podería dicirse que era unha nena por dentro. Porén, hai algo que tanto a muller 2 como a muller e o home 1 teñen, e é que detestan a sociedade. Odian como as persoas converteron o mundo nun lugar horríbel, cheo de violencia e inxustizas. E é por iso que están alí, nesa sala, esperando a que chegue toda a xente que falta.

A muller 2, ademais de ser distinta de carácter, é distinta fisicamente. Ela é robusta, gorda e ten o cabelo curto, case rapado pero cunha crista de cor anil. A muller 2 fechou a porta e sentou na primeira cadeira que atopou. Tiña a mesma maleta que o home e a muller 1, e nada máis sentar abriuna e sacou os mesmos obxectos ca eles: un caderno e unha pluma.

Cando por fin terminou de sacar o seu material, a muller 2 mirou o reloxo e, despois de fitalo por un intre, dixo:

—Cando credes que chegará a xente que falta?

Ninguén contestou. A muller 1 miraba o caderno e o home 1 apuntaba cousas misteriosas no seu. A muller 2, estrañada, volveu preguntar:

—Canto credes que...?

—Pouco —dixo o home 1.

—Que?

O home 1 non quitara a vista do caderno para contestar. Pintaba, tachaba, facía debuxos incomprensíbeis e pasaba a folla. Ninguén sabía o que escribía o home 1 naquel caderno, mais ninguén se atrevía a lle preguntar.

A muller 2 calou. Algunha vez escoitara cousas do home 1, mais xamais pensou que fose tan difícil falar con el. Sempre pensou que sería un incomprendido, sen familia nin ninguén con quen falar, e que a xente lle tiña medo porque non o entendía. Pero non. O home 1 era o home 1.

Entón, abriuse a porta de novo. O frío, cada vez máis intenso, entrou na sala bruscamente, deixando fóra da estancia a pouca calor que quedaba. A muller 2 xirouse para ver. O home 1 non quitou a vista dos seus apuntes. A muller 1 seguía mirando o chan. Entraron. Eran o home 2 e a muller 3, que chegaban xusto á vez.

O home 2 era unha especie de mago da comprensión. Non é que tivese poderes sobrenaturais, mais o home 2 era moi bo en entender as cousas. Entende calquera rama da ciencia e as súas características só escoitando a explicación dúas ou tres veces. Tamén, ademais de entender á perfección os contidos de calquera materia, é capaz de percibir o que queren e senten as persoas só con lles ver a cara. El tamén odia a humanidade e a maioría dos seus actos, e é esa a única cousa que nunca entenderá, a natureza humana de esnaquizar todo ao seu paso para facer un mundo ao seu xeito.

A muller 3 era desde sempre unha persoa moi educada, aínda que para ela ter educación só era unha tapadeira para entender mellor a sociedade e para avanzar nos seus estudos sobre o hábito humano de mudar os seus instintos por garfos e coitelos.

O home 2 sentou primeiro, debido ao costume da muller 3 de ceder o sitio á persoa que o necesite. A muller 3, ao sentar, sacou os obxectos xa coñecidos e botou unha ollada ao seu redor. Observou cos seus ollos verde esmeralda como a muller 2 miraba o caderno e, de vez en cando, disimuladamente, tamén observaba a xente da sala. Tamén viu como o home 1 escribía e debuxaba no seu caderno, e como a muller 1 comezaba a facelo tamén.

De repente, cando o silencio volvera ocupar a sala, o home 1 ergueuse e, fechando o caderno, comezou a dicir:

—Ben, seguro que a maioría non sabedes por que estamos aquí. Eu non teño por costume convidar xente, mais isto é un problema de grande importancia.

—Iso poñía na invitación, mais non cal era ese problema —dixo a muller 3.

—Non, mais agora o saberedes. Imos facer un debate.

—Un debate? —dixo o home 2.

—Un debate en que decidiremos como salvar este mundo —dixo o home 1.

—Non entendo —declarou a muller 2.

—É doado —dixo o home 1—. A humanidade é o maior problema deste mundo ao ser a causante de todos os demais, e neste debate decidiremos que é o mellor para o destino deste mundo, se destruír a raza humana ou darlle outra oportunidade.

—E como pensas destruír a humanidade? —preguntou a muller 1.

—Iso é asunto meu, mais o que si podo dicir é que teño moitos «contactos».

—Iso é ridículo. Hai demasiadas persoas no mundo como para que termines con todas, sexa con ou sen os teus «contactos» —dixo anoxada a muller 1.

—Non sabedes do que son capaz —dixo sorrindo o home 1.

Na sala fíxose o silencio ao seren pronunciadas esas palabras. O home 1 volveu sentar na cadeira e, dando unha palmada, comezou a dicir:

—Hai moitos problemas provocados pola humanidade. Dicide un.

O home 1 sinalou, ao chou, a cada persoa da sala á vez que lle preguntaba un problema provocado pola humanidade. E esta foi a resposta de cada unha e un:

Muller 1: O desprezo ao diferente.

Home 2: A debilidade ante o consumo excesivo.

Muller 3: A capacidade de mentir.

Muller 2: A insensibilidade ao seu propio mundo.

Cando terminou a volta, o home 1 proseguiu co seu discurso:

—Moi ben, eses problemas son bastante importantes. Agora direi o meu: un problema moi grande da humanidade é que descoñece a importancia do esencial a pesar de telo diante do nariz. Ben, agora pasemos ao debate. Ti, xa que pensas mal da humanidade, que crees que deberiamos facer?

Ese «ti» ao que se refería o home 1 era o home 2 quen, ao se decatar de que falaban con el, comezou a dicir:

—Ben, eu penso que o mellor para o mundo é acabar coa humanidade, aínda que sigo véndoo como algo imposíbel. As persoas foron e seguen a ser o maior problema do mundo, ao estar destruíndoo literalmente pouco a pouco. Mais tamén vexo persoas inocentes e de bo corazón que poden cambiar eses problemas, e destruílos sen motivos paréceme...

—Protesto! —gritou a muller 1—. Ti non tes nin idea do que dis. Xa non quedan persoas de bo corazón nesta sociedade. Todo o mundo está a ser consumido pola modernidade e ninguén planta cara a ninguén, aínda sabendo que o mundo está morrendo pola nosa culpa.

—Eu non o vexo así —seguiu dicindo o home 2—. Eu non quero dicir que a sociedade sexa boa, porén, extinguir a unha especie de calquera maneira paréceme moi duro.

—Acaso non sabes a cantidade de especies extinguidas que hai por culpa da humanidade? —volveu gritar a muller 1—. Non entendes que ti só ves duro terminar coa humanidade porque ti tamén es unha persoa?

Volveu facerse o silencio na sala. As convincentes palabras da muller 1 resoaban nos oídos da xente da estancia. Entón, o home 1 comezou a aplaudir. As mulleres 2 e 3 mirárono estrañadas. A muller 1 intentou calmarse. O home 2 estaba sorprendido polas palabras da muller 1 e quedara sentado sen nada que dicir. Entón o home 1 dixo:

—Ben dito, ben dito. Eu tamén penso que a raza humana xa non merece piedade. Alguén ten algo que dicir?

De novo, a sala quedou en silencio. Ninguén dixo nada. O home 1, contento co resultado, seguiu dicindo:

—Pois moi ben, prosigamos. Quen quere dar agora a súa opinión?

Ao fin, a muller 3 atreveuse e, levantando a man, dixo o seguinte:

—Eu penso que a humanidade é aquel erro que aínda non sabemos a que vén, mais que conseguiu que este mundo se convertese no que agora vemos, un mundo contaminado, desfeito, no que vivimos pensando que é noso, mais non é así. Mais á vez penso que é algo cruel destruír persoas inocentes, porque poden ser un dos pasos para conseguir o que necesitamos: un mundo mellor.

—Xa o dixen —retrucou a muller 1—. Non quedan persoas boas. Sen humanidade o mundo sería pouco máis que fauna e flora, que é o que necesita.

—Sei que odias a humanidade —díxolle a muller 2 á muller 1—, mais destruír outra raza é destruír máis do que xa está destruído, e iso non é o que queres.

—Eu non penso destruír, penso salvar as demais especies! —gritou alterada a muller 1.

—Supoño que tes razón, mais eu quería a miña familia, só intentaba defendela.

—Pois xa está decidido —dixo feliz a muller 1, levantándose—. Imos acabar coa humanidade.

Xusto nese intre, o home 1 púxose a rir. Ninguén vira rir desa maneira o home 1 xamais, e iso provocou a estrañeza das persoas da sala. Cando por fin terminou de rir, dixo:

—Nunca entenderei a humanidade.

E, como por arte de maxia, unha aura de luz saíu do teito. E esa aura iluminou o home 1 que, nun capelexar, desapareceu sen deixar máis que o caderno, a pluma, a maleta e aquela mazá vermella.

O fillo ilexítimo de George R. R. Martin únese a Contos Estraños!

Santiago Bergantinhos non quixo escribir a súa biografía, así que, da banda dos editores, só diremos que se trata dun tipo esquivo que escribe francamente ben e que publicou, entre outras, as novelas *Het*, *Carminha Burana* e *Aletheia Moritat*.

Alén diso, é coñecido por escribir longuísimas disertacións destrutivas sobre novelas de Dan Brown (si, tan longas como as propias novelas de Dan Brown), e é que debe de ser que non pode conter as súas mostras de amor pola palabra escrita.

Eles Gritaron o meu Nome

por

Santiago Bergantinhos

Abro os ollos por última vez, pasando da vixilia do soño ao soño da vida, que non é máis que o realizarse da ilusión da conciencia que cre percibir o mundo ao que, en realidade, non pertence nin abrangue alén o seu propio espellismo que hoxe, por fin, acaba.

Esperto por última vez. Por última vez abro os ollos, sabendo que a próxima vez que os feche será para sempre. Hoxe hei morrer. Seino tanto polo que me dixo o demiúrgo como pola propia conciencia do meu corpo que, hai un anaco, tombado no meu leito, confirmoume que hoxe deixarei de existir, eu, o ser humano máis lonxevo que existiu, o derradeiro ser humano.

Érgome traballosamente, coa dor deste o meu corpo murchado polo tempo, e vístome de vagar, con exasperante lentitude, cubríndome coas roupas azul escuro que significan que son un proxenitor, o último que haberá. E agora, que me cubro por última vez coa longa túnica, lembro o día que a vestín por primeira vez e comezou a miña vida como o que fun a partir de entón, un proxenitor, un coidador da proxenie humana. Tiña entón nin trece anos e espertei aquel día como espertei hoxe, mais os meus membros eran áxiles após unha noite de profundo soño, que nin sequera a emoción de saberme xa proxenitor puido alterar. Acariciei aquel día o meu cranio completamente liso no que nunca máis volvería crecer o pelo, vestinme con tanto entusiasmo como era posíbel a esa idade e sobre a túnica azul coloquei primorosamente a miña toga branca recamada en ouro. Abandonei ese día a sinxela casa dunha única estancia que até entón fora o meu fogar, sen mirar atrás nin unha soa vez e sen levar nada dela, pois igual agora que entón nada é da miña propiedade e nada posúo, alén do amor que sinto pola proxenie.

Camiñei polos outeiros e as súas ondulacións, sentindo cantar o paxaro do peito dentro da gaiola de ósos, que coa súa dureza o protexen. Aquel día, por fin, sería un proxenitor. Despois dunha lomba, pouco antes de chegar ao templo da miña consagración, vinos, todos xuntos, acompañados por varios avatares do demiúrgo. Era un grupo da proxenie, que á beira do mar agardaba en silencio a saída do sol. Máis aínda que todas as veces que os vira, aquel día sentinme embargado polo meu amor por eles, transido pola súa beleza. Porén, continuei o meu camiño ao templo para non me atrasar e alí reuninme cos meus compañeiros que, igual ca min, abandonaran as súas residencias infantís para se converter en proxenitores.

A cerimonia foi tan fermosa como as outras veces nas que asistira en calidade de novizo, vestido entón coa túnica branca que aquel mesmo día abandonaba para sempre. Escoitei os cantos, os discursos dos máis venerábeis e anciáns proxenitores, e por último o mesmo Padre levantouse e deunos a súa bendición, *Beatus ille*, e encomendounos o coidado das futuras xeracións da proxenie. A refección posterior foi silenciosa e formal, como o serían polo resto da miña vida, lonxe da exuberancia verbal dos comedores dos novizos, e sentinme reconfortado pola gravidade da madurez.

Ao caer da tarde, terminadas xa todas as cerimonias, emprendín o regreso á miña casa, que nesas poucas horas fora derrubada para ser construída de novo como unha dependencia de tres pezas adecuadas ao meu rango, e onde ocasionalmente podería acoller un dos meus irmáns proxenitores que viñese de viaxe. O sol ocultábase cando vin a proxenie reunida no mesmo lugar que contemplou o amencer. Sentín, por primeira vez, o impulso de exercer o meu dereito, de me precipitar a cumprir non coas miñas obrigas, senón a satisfacer a miña necesidade, e baixei o outeiro cuberto de herba verde e fragrante, que esparexía o seu aroma baixo as miñas sandalias, acercándome a eles con pasos temerosos. Case non se decataron da miña chegada, absortos como estaban contemplando o espectáculo da natureza. Os avatares, refulxindo aos últimos raios do sol coas súas túnicas vermellas, inclinaron face min as súas cabezas ao verme.

Por primeira vez estaba entre eles, a proxenie, a soas, sen ningún outro proxenitor. Eran todos, eles e elas, tan fermosos... Igual que todas as veces anteriores, igual que tantas outras por vir, sentinme inflamado de amor por eles cunha chama ardente que fai consumirse o fénix do peito só para revivir de novo cunha maior intensidade. Amábaos tanto... Ámoos tanto...

Entón un dos membros da proxenie, o que estaba máis preto de costas a min, apercibiuse da miña presenza e comezou a dar a volta. Os seus membros eran finos e áxiles, a estrutura do seu corpo harmónica e equilibrada baixo a suave vestidura de liño cuberta de arabescos de cores. O seu pelo, longo, parecía unha coroa en chamas iluminada polo sol poñente e refulxía en centos de matices de ouro, que enmarcaba un rostro en sombras que me sorría a min, o seu proxenitor. Avanzou un pouco na miña dirección e sentinme sacudido como de neno ao escoitar a primeira tormenta da miña vida, pois entendín que por fin era un proxenitor, e que eles eran a miña proxenie. Alcei o brazo coa palma aberta, nun pequeno ángulo pois a súa estatura era superior á miña, e deixei a man a poucos centímetros do seu rostro perfecto, como sabía que debía facer para que el puidese, ladeando lixeiramente a cabeza e fechando os ollos, repousar a súa cálida meixela no oco da miña tremente man, que lle proporcionou a caricia que buscaba, mentres eu choraba de puro gozo inmerso nunha arrebatadora alegría que crin me ía facer explotar o peito. Aquela era a miña proxenie, todos eles, en todas as partes do mundo, e eu era o seu proxenitor.

Á mañá seguinte, ao saír da miña nova casa, agardaba por min unha lanzadeira, e ao seu lado un avatar do demiúrgo permanecía de pé agardando a que eu espertase. Por un momento pregunteime canto tempo estivera alí de pé, talvez unha ou varias horas, aínda que por suposto para el non había ningunha diferenza. Entregoume oralmente unha invitación formal para visitar o Instituto da Humanidade.

Sentín algo de sorpresa, pois supúñase que durante un mes após a miña consagración non se me asignaría traballo ningún.

Durante a viaxe na lanzadeira meditei sobre min propio, como sabía que debía facer un proxenitor durante toda a súa vida, sobre a humanidade e sobre a súa proxenie, e soseguei o meu espírito para afrontar a tarefa que aínda non coñecía. Mirei o avatar que operaba os mandos, o seu rostro inexpresivo, e pregunteille aquilo cuxa resposta xa coñecía:

—Demiúrgo, ti amas a proxenie?

—Obedezo os meus creadores —respondeu—. Os vosos antepasados creáronme e eu obedézovos e executo todos os vosos mandatos. Non podo facer máis.

—Entón, non os amas?

—Son o demiúrgo dos proxenitores —afirmou—. Non teño máis sentimentos por eles nin pola súa proxenie que os que poida ter un martelo pola man que o utiliza ou o metal sobre o que golpea. Vós sodes a man, e eu o martelo.

—Es feliz obedecéndonos, demiúrgo? Gustarías de facer algunha outra cosa?

—Son o demiúrgo dos proxenitores. Non teño máis opción que facer o que me dicides. Agora e sempre.

Sorrín pola miña pequena travesura infantil. Como proxenitor, eses xogos bizantinos co demiúrgo debían ficar atrás. Era innecesario, por non dicir absurdo, falar co demiúrgo daquilo sobre o que non tiña competencia ningunha. Nunca nos fallaría, nunca deixaría de facer o que lle pedimos.

Nada é para min máis doado, nin máis grato, que lembrar o Instituto da Humanidade. As súas aulas inmensas, as súas gloriosas bibliotecas, os corredores iluminados e os salóns, todo consagrado á meirande gloria do ser humano. Sorrío ao pensar que xa hai moito que non existe, que non fica resto de que estivese alí onde se encontraba, e que ninguén máis ca min lembra que unha vez existiu; nin sequera o demiúrgo que ese día me levou dilixentemente á miña descoñecida reunión.

O mesmo avatar serviume de guía e conduciume polos recibidores que eu tan ben chegaría a coñecer, e estremecinme ao me decatar de onde me levaba, mais non dixen nada e seguino até as portas do despacho do Padre. A proxenitora Abab, unha das miñas mestras até o día anterior, agardaba alí mesmo.

—*Beatus ille* —saudou.

—*Beatus ille* —respondín como marca o costume.

—O Padre agarda por ti —dixo alisando un pregue da miña túnica, xa tan azul entón como a súa.

—Que quere de min?

—Iso ha contarcho el —dixo emocionada—. Eu só quería estar aquí contigo un momento cando entrases.

Non dixo nada máis e a continuación fixo algo saltando todo protocolo entre proxenitores. Pasou lentamente a man polo meu cranio liso, como fixera tantas outras veces cando aínda tiña eu o pelo da miña infancia, e baixou até a meixela en unha doce caricia cuxa sensación aínda agora lembro como se ocorrese hai apenas un instante. Lixeiramente turbado por aquilo, seguín o avatar cando me abriu as portas e entrei na bóveda inmensa que se abría face un teito no que resplandecían os frescos pintados polo proxenitor Lubia para celebrar a creación da proxenie e o compromiso dos proxenitores con ela. Ao fondo cegáronme as vidreiras, a formaren un semicírculo que co seu tamaño empequenecerían calquera antiga catedral, e que comezaban a se polarizar para deixar pasar só a luz necesaria para que seguise traballando a persoa que se encontraba a soas na vasteza daquela superficie cuberta de tixolos, que formaban un debuxo xeométrico que atraía a mirada pola súa complexidade e beleza. Cando cheguei preto del, o avatar detívose e ascendín só os poucos chanzos que conducían á mesa onde o Padre escribía por medio dunha das consolas do demiúrgo.

Permanecín uns segundos diante da mesa, sen saber que facer. O Padre Venan quería verme en persoa, e eu non sabía por que. O máis lonxevo dos nosos superiores, máis aínda que a lendaria Madre Habbia, estaba ante min terminando de escribir algo, até que fixou a súa mirada en min e sorriu. Non tivo máis que mirar un momento a cadeira fronte á mesa para que eu soubese que tiña que sentar nela.

—*Beatus ille*, Padre.

—*Beatus ille*, fillo —respondeu suavemente el, o único que podía dirixirse dese xeito a outro proxenitor—. Chegaches ben? Estás canso?

—Non, Padre. Foi unha viaxe moi agradábel, máis sabendo que era aquí onde viña.

—Dígoo porque onte foi a túa consagración. Debeu de ser un día moi emocionante para ti.

—Foi, Padre.

—Ben. E dime, fillo: elixiches xa a túa especialidade?

—Cría... que tiña todo un ano para o facer.

—Non digo o contrario, mais iso non impide que se vos permita facelo antes dese tempo. Elixiches ti xa?

Fitámonos uns instantes, el sen deixar de sorrir, o máis ancián de todos os proxenitores fronte a un que case nin levaba un día no seu cargo, e que aínda non chegara a exercelo efectivamente excepto cunha lixeira caricia na meixela dun membro da proxenie. Sentinme intimidado pola diferenza de idade e de experiencia entre nós, mais agora que lembro o noso primeiro diálogo, non podo máis que pensar que xa vivín moitas veces o tempo que o Padre Venan desfrutou sobre a terra do coidado da proxenie, e o agradecido que estou por iso, pois meu foi o máis grande dos honores.

—Si, Padre —dixen con seguridade—. Penso que teño clara a miña vocación.

—Ben. E cal é?

—Hermenéutica humana —respondín coa mesma firmeza.

—Ah... —finxiu sorpresa o Padre—. Hermenéutica humana, dis. A miña especialidade.

—Seino.

—Son uns estudos moi difíciles. E as sesións de debate, esgotadoras.

—Certo. Iso din os nosos mestres. Perdón. Dicían.

O Padre pasou por alto a miña vacilación e que corrixise o tempo verbal, pois como proxenitor consagrado xa non tiña máis mestre que eu mesmo. Tomou de cima da mesa un dos obxectos que case a cubrían, brancos como se fosen ósos, e delgados como o gume dun coitelo.

—Sabes que é isto, fillo?

Estendeu cara a min unha daquelas láminas cubertas dos mesmos símbolos que todos víamos a diario nas consolas do demiúrgo, e ao momento recoñecinas.

—Papel! —exclamei. Tomeino coas dúas mans, como se temese rompelo, e comecei a lelo.

—Non vexo a que tanta sorpresa. Seica non visitaches algunha paleobiblioteca, como todos os novizos? Alí gárdanse todos os documentos antigos que se conservan, moitos deles neste antigo material.

—Si, Padre. Claro que sei o que é o papel. Mesmo deixaron que tocásemos libros, revistas, e as pequenas unidades de intercambio monetario, os billetes de banco. Mais ignoraba que alguén seguise aos empregar como soporte académico.

—É unha das miñas pequenas excentricidades e, que eu saiba, son o único que o fai. De feito, teño a única unidade de impresión activa do demiúrgo. Se queres logo cha amoso. E dime: non che resulta familiar o que les nese... papel?

—É un traballo que escribín hai un par de anos.

Mirei a mesa do Padre e comprendín que alí, esparexidos sobre a súa superficie, estaban varios dos meus ensaios académicos.

—Traballos moi notábeis. Máis que notábeis para alguén da túa idade e comparábeis nalgúns aspectos cos de proxenitores experimentados.

—Hónrasme coas túas palabras, Padre.

—Interésanme sobre todo os teus traballos voluntarios, máis que os obrigatorios. Non é difícil deducir deles que o teu principal interese é a hermenéutica humana. Tratas neles todos os asuntos básicos, e mesmo apuntas a algunhas liñas de investigación certamente reveladoras. O primeiro que chamou a miña atención foi este, sobre Teresa a Derradeira. Non deixa de ser curioso o interese a tan precoz idade sobre un episodio tan antigo, e tan difícil de entender no seu contexto. O seu mundo é por completo distinto do que coñecemos.

—Radicalmente, Padre —admitín—. Custoume moito entender como vivía e pensaba esa xente.

—Non pensaban tan distinto a nós, fillo. Seica eles non amaban tamén a súa proxenie?

—Certo. Eles tamén amaban os seus fillos.

—Tanto como nós os nosos?

—Iso, Padre, quen pode xulgalo?

O Padre sorriu amplamente, e respondeu:

—Eu non, desde logo. Dime: que foi o que espertou o teu interese por Teresa a Derradeira? Moitos considérana pouco máis que un personaxe do folclore popular, unha anécdota e máis nada.

—É o último ser humano coñecido que creu nunha divindade. Polo que se sabe, o último que deixou constancia por escrito da súa fe e, por tanto, da extinción da fe.

—Liches as súas obras?

—Até a última palabra.

—E que opinión che merecen?

—O que di é estarrecedor —murmurei—. Lina na súa lingua orixinal con algo de axuda do demiúrgo, arrepíaseme a pel con cada parágrafo.

Houbo outro momento de silencio mentres o Padre avaliaba as miñas palabras.

—Ninguén dubida da súa calidade literaria, nin da desesperación do seu espírito tan ben plasmada nesa prosa enlouquecida —tomou outras páxinas na man—. Este é un dos que máis gustei entre os teus ensaios. Podes imaxinar cal é?

—O que trata sobre o proxenitor Abson?

Mirou as follas daquel fráxil material e sorriu.

—Considéralo un proxenitor? Coma nós?

—Eu...

—Era un proxenitor, desde logo —respondeuse el mesmo—. Foron os primeiros en se chamar así, mais son proxenitores anteriores ao Gran Concilio Hermenéutico —fixo unha pausa e dixo ironicamente—. Nin sequera ían vestidos coma nós.

—O importante é o que dixeches, Padre: chamábanse a si propios proxenitores e asumiron o coidado da proxenie.

—Non digo o contrario, fillo. Non digo o contrario. Gustei moito de como describes o proxenitor Abson, e os paralelismos que estableces con Teresa a Derradeira. Non temos seguridade de que lese as obras de Teresa, mais é moi probábel que o fixese e que se vise profundamente influído por ela —leu das follas que tiña na man—: «Por tanto poderíamos dicir que, se Teresa a Derradeira foi a última persoa que creu na divindade e na súa influencia no mundo, o proxenitor preconciliar Abson foi o último ser humano que creu no ser humano». Brillante. Estráñame que nunca se lle ocorrese a ninguén expresalo desa maneira. «O último ser humano que creu no ser humano». Cando lin a súa obra por primeira vez... xa hai moito tempo, conmovinme ao imaxinalo no seu cuarto prostrado no chan, chorando cada noite, implorando o perdón da raza humana.

Nese momento intuín que todo aquilo non era máis que unha proba e que estaba alí para un propósito ao que o Padre me guiaba pouco a pouco. Sentín que debía tomar a iniciativa.

—O réxime dos proxenitores preconciliares —dixen con voz clara— non creou o mundo que lles tocou gobernar. Todo se descontrolara moito, moito antes —a mirada do Padre era intensa e fixa en min, case como a de un animal ao asexo. Esperaba que fose eu quen dese o primeiro paso e citase aquilo do que nos resultaba tan difícil falar aos novizos—. Cando o primeiro réxime dos proxenitores se instaurou, xa había tempo que... que se producira... a hamartia.

—Que terías feito ti no Grande Concilio Hermenéutico?

A pregunta colleume desprevido e case non alcancei a dicir:

—Eu? No Grande Concilio? Non... non entendo a pregunta, Padre.

—Que postura terías adoptado no Concilio ti, ti en concreto? —insistiu—. Apoiarías o proxenitor Abson e a súa facción, ou uniríaste á que contra todo prognóstico se impuxo ao final?

—Esa facción foi a que reformou o sistema dos proxenitores. Nós continuamos o seu legado.

—Non pido que me recites un manual de historia. Pregúntoche cal sería a túa postura nese Concilio.

—Defendería os reformadores contra o proxenitor Abson —afirmei sen dúbida.

—Así pois, estás completamente seguro da bondade do noso réxime.

—Si.

—E se o proxenitor Abson tivese chegase a saír? As votacións foron moi axustadas durante varios anos. Se daquela conseguisen implantar as súas reformas e non as nosas, non estarías agora dicindo coa mesma convicción que o seu réxime era o mellor posíbel?

—Desde logo —respondín sen vacilar—. Mais non foi así. O proxenitor Abson e os seus pregáronse aos desexos da nova maioría e a sociedade reformouse segundo os acordos do Concilio. A proxenie continuou, e nós seguiremos a ser para sempre os seus proxenitores.

—Ben —respondeu o Padre, supuxen que satisfeito das miñas respostas—. E agora dime: amas a proxenie?

A pregunta, así de improviso, deixoume atordado un momento. Tal indelicadeza, mesmo dirixida a un proxenitor inexperto coma min, estaba alén do que se podía considerar un insulto grave. Se callar, por un momento os meus ollos brillaron con furia e sorpresa, ou ficaron ríxidos os meus membros, mais lembrei con quen estaba a falar e respondín o que sabía que tiña que dicir, sen ningunha énfase ou intensidade, sen ningún indicio que apuntase a algo que non fose a simple e pura afirmación dunha verdade para min incontestábel.

—Amo a proxenie, Padre.

O Padre levantouse, e eu non souben se facer o mesmo, pois ignoraba o protocolo nese caso. Decidín ficar sentado mentres el se dirixía aos cristais polarizados desde os que se vía o extenso patio interior do Instituto da Humanidade, onde xogaban despreocupadamente algúns membros da proxenie.

—Sabes que cidade existía aquí, antes da hamartia?

—Si, Padre. Vin as imaxes das súas rúas, dos seus edificios e da xente que vivía aquí.

—A xente que vivía aquí —repetiu en voz baixa—. Os nosos antepasados e os da proxenie. Custa pensar que poderiamos camiñar polas súas rúas eles e nós, e que ninguén se decataría en realidade do distintos que somos.

—A hamartia mudou todo —declarei comezando a me afacer a esa palabra que, como futuro académico, debía utilizar sen pudor ningún. Nese momento eu ignoraba cal ía ser o meu destino, e que eu mesmo sería o último paso da hamartia e, polo tanto, tamén a súa culminación, a súa fin.

O Padre deu a volta e volveu mirarme.

—Segundo o demiúrgo, a non ser que aconteza un accidente fatal, aínda teño moitos anos por vivir. No entanto, non gusto de perder o tempo, así que decidín prescindir do plan que deseñara para ti este ano, agora que te coñecín en persoa. Podería chamarte de cando en vez e preguntarche polos teus progresos, esperando que me solicitases que fose eu o teu mentor, mais non o vou facer.

—Eu... pensaba que era excepcional que o Padre en persoa tomase as labores de mentor doutro proxenitor.

—Non tan excepcional. A proxenitora Abab, unha das túas mestras, foi a miña discípula.

—Seino.

—Entón, quererás selo ti?

—Non entendo —dixen intranquilo—. Debería ser eu quen o pedise.

—Formalmente, así será, mais agora estamos só nós aquí, e son eu quen che pide a ti que sexas o meu discípulo e que eu poida ser o teu mentor.

—Por suposto que si, Padre —dixen desconcertado—. Será un grande honor.

O Padre sentou á mesa de novo. Contemploume un intre, fixo o propio cos escritos que tiña sobre ela e, finalmente, respondeu:

—O honor será meu, fillo.

Despois de tanto tempo, tan canso, sabendo que hoxe vou morrer, comprendo a súa presteza. Moitos foron os anos que aprendín ao seu lado, sen sospeitar todo o que xa se puxera en movemento antes de que eu nacese. Incontábeis foron as veces que nos reunimos e falamos, desenvolvendo a nosa nova hermenéutica humana. El, e outros antes ca el, estableceron as bases, mais eu, e os meus futuros discípulos, fomos quen a desenvolvemos por completo, preparando o día que hoxe chega.

E durante moitos anos, antes de coñecer eu quen e que era eu realmente, e o sentido desa primeira entrevista, el de socato preguntaba:

—Amas a proxenie, fillo?

—Amo a proxenie, Padre —respondía sempre sen vacilar.

Por iso, porque amo a proxenie, aceptei o que outros dispuxeron para min, liderei o Segundo Gran Concilio Hermenéutico e, agora que vou morrer, darei por terminada definitivamente a hamartia. Isto que agora fago, escribir a man as miñas últimas palabras, que narran brevemente o que foi a miña vida nun idioma hai xa tempo esquecido e que non existía nin cando comezou a mesma hamartia, é o último capricho dun ancián feliz porque vai rematar o proxecto non apenas da súa vida, senón o de todos aqueles que o precederon.

Tampouco hai xa ninguén que me pregunte se amo a proxenie. Ninguén volveu facelo desde que á metade do Segundo Concilio Hermenéutico faleceu o Padre, deixándome o peso de defender as teses da nosa facción en interminábeis e esgotadores debates. Talvez agora comprendo por que mo preguntaba; para que nunca, nin sequera por un momento, désemos por seguro o noso amor por eles. Despois de faltar el, obviamente a ninguén se lle pasou pola imaxinación preguntarme tal cousa, e por suposto menos aínda cando fun elixido Padre.

Agora non sei apenas que amo a proxenie, mais sei que son o único que ama a proxenie. E de todos os que a amaron, son quen máis intensamente o fixo. E por iso escríboo de puño e letra sobre estas que son as últimas follas de papel que existiron, as únicas que existen pois todos e cada un dos libros e documentos que se gardaban nas paleobibliotecas vinos arder nunha inmensa pira que acendemos no medio dunha das zonas desérticas do mundo, que os avatares do demiúrgo alimentaron durante semanas e que contemplei hora tras hora por non perder a dita de ver como desaparecía, convertido en fume, o pasado da humanidade. Xa antes asistira á demolición dos centros históricos das cidades que aínda se conservaban, e como se reducía a po toda obra de arte, po que logo foi entregado ao fondo do mar. Todo ficou reducido a información contida nas profundidades do demiúrgo, até onte. Pensei en como facelo, se dar unha orde directa con voz firme e autoritaria, ou simplemente pulsar un botón que desencadease o proceso. Ao final, decidín facelo do xeito máis sinxelo, e cando onte o demiúrgo detectou que eu ficara durmido, como se aproveitase a oportunidade para principiar o proceso, executou a orde por min programada; borrar o conxunto dos coñecementos da humanidade, que agora apenas habitarán na miña memoria o que resta do día, pois con el morrerei e xa nada será nunca máis.

Ao pouco de espertar hoxe dirixinme ao demiúrgo na lingua que permaneceu inmutábel durante xeracións e xeracións de proxenitores. O demiúrgo respondeume nun dos dialectos locais, todos eles ágrafos, da proxenie, facéndome notar que non entendía o que eu lle dixera. Faleille en varias linguas antigas, tamén nesta en que agora escribo, e non me entendeu ningunha das veces. Só o fixo cando lle falei nunha das linguas da proxenie, ás que se verá limitado a partir de agora xa que desde mañá non volverá falar con ninguén máis.

O último ser humano, o último ser humano que fala unha lingua humana, aínda que non hai diferenza ningunha entre nós e a proxenie, e é unha delicia ouvilos falar coas súas voces melodiosas, escoitar a variedade dos seus dialectos e velos evolucionar co tempo. Ámoos tanto...

Polo que sei, son o derradeiro ser humano, polo menos tal como se entendeu até agora o que constitúe ser humano. A proxenie é humana tamén, pois é a proxenie da humanidade, e nunca eles e nós deixamos de ser o mesmo. Porén, de cando en vez, penso nos outros, os que se marcharon; os que, mellor dito, intentaron marchar. Ás veces falaba deles co Padre Venan, aínda que pouco era o que había que dicir. Unha noite, nun receso das interminábeis sesións do Segundo Concilio, os dous achabámonos tomando un refrixerio nunha terraza e, para nos relaxar, recoñecíamos constelacións e localizábamos planetas no ceo.

—Xúpiter —dixo o Padre sinalándoo—. Dime, fillo: a veces pensas neles?

—Non adoito —respondín—. Están mortos.

—Iso non o sabemos.

—Lembras o antigo costume de lanzar unha mensaxe nunha botella? Podía un fantasiar con que alguén a puidese encontrar, mais o normal era que se perdese ou rompese. O que fixeron os primoxénitos foi algo infinitamente máis azaroso.

—Probabelmente nunca saibamos o que foi deles —dixo o Padre apoiándose na varanda—. En certo modo, serían, non sei, os nosos primos? En tanto tempo, os quiñentos primoxénitos que saltaron desde Xúpiter xa se multiplicarían. Se encontraron un planeta fértil, talvez, crearan unha sociedade.

—Acho que non gustaría de vivir nunha sociedade de primoxénitos —respondín mentres me amarrotaba na miña toga, pois principiaba a ir frío—. Todo neles foi desmesurado.

—Certo. Fixérono todo, descubrírono todo, e non deixaron nada para as xeracións vindeiras. Queríano todo, e queríano ao momento.

—Foron consumidos pola súa *hybris* —dixen sen asomo de afecto por aqueles antigos antepasados—, e cando o seu reinado finalizou deixaron todo en desorde, e arruinado.

—Que somos nós, mais que os sucesores dos primoxénitos, fillo?

—Tanto como os alemáns eran os descendentes dos antigos xermanos, ou os aborixes australianos do homo habilis.

—Non esaxeres.

—Sabes ao que me refiro. De calquera xeito, Padre, non me importa se hai ou non unha raza descendente dos primoxénitos alá fóra. Morreron todos no salto, ficaron reducidos a pura enerxía que, ao se disipar, se confundiu coa mesma que provocou o salto. Se están no espazo, é en forma de radiación. O demiúrgo segue sen resolver as ecuacións que se supuña que facían posíbel o que eles pretendían.

—Por iso chamárono o «salto de fe». Por iso a despedida, antes de pulsar o botón, foi un simple adeus. Apareceron a moitos anos luz, ou desintegráronse.

—O segundo —asegurei, xa canso de falar dos primoxénitos—. Foron vítimas do exceso que dominaba as súas vidas e que os levou a súa desaparición. Deles e das súas obras apenas resta o demiúrgo.

—Debeu ser todo un espectáculo —seguiu el sen me facer demasiado caso—. Viches as gravacións? Foi como se acendesen unha estrela. Moita xente cruzou medio planeta para poder asistir á súa partida.

—Iso foi hai moito tempo. Os primoxénitos desapareceron, e xa apenas nós nos lembramos deles.

—Si, fillo, apenas nós nos lembramos deles. Apenas nós.

Ningún o dixo nese momento, mais preguntámonos quen se lembraría de nós.

Hai moitos anos, despois de estar xa longo tempo só, sen máis compaña que o demiúrgo e a proxenie, fixen instalar na lúa un monólito cun sistema de codificación compatíbel cos medios de transmisión de información vixentes no tempo en que os primoxénitos abandonaron a Terra. Nel explícase o que aconteceu desde que eles partiron, e até engadimos as actas do primeiro e segundo concilio. Igual que eles se despediron de nós, eu en persoa, como último representante dos proxenitores, como os seus parentes, despedinme deles ante a máis mínima probabilidade de que poidan seguir vivos. Sei que están mortos, mais non me importa. Por moi remota que sexa esa probabilidade de que sobrevivisen e máis remota aínda a de que regresen, sentinme obrigado a cumprir co meu deber. Cando eu deixe de existir, a única lembranza da civilización humana non estará no planeta que a viu nacer, senón no seu satélite. E alí permanecerá, inamovíbel, mesmo cando toda a vida sobre a Terra se extinga.

Pasei o meu último día na compaña da proxenie, pois o contrario sería impensábel. Asistín con eles ao abrente, en pé, apoiado no meu caxato, e por última vez acariñei as meixelas que me ofrecían cos ollos cheos de inocencia, tanto os xa crecidos como os pequenos que case non comezaran a andar. Ouvinos cantar pola mañá, mentres outros se adicaban aos seus xogos ximnásticos e os máis pequenos permanecían baixo a estreita mirada dos avatares do demiúrgo, e de cando en vez se achegaban para que pousase a man sobre as súas cabezas.

E hoxe, como cada día, como se aínda seguise vivo o que hai tanto que nos deixou, ouzo a pregunta:

—Amas a proxenie, fillo?

—Amo a proxenie, Padre. De todo corazón.

Ámoos, os meus ollos humedécense ao velos, e como desde tempos inmemoriais os pais sentiron o peito cheo de amor polos seus fillos, eu sinto o amor pola proxenie. Sei que debo morrer, sei que iso significa que nunca máis volverei velos, mais sei tamén que todo está disposto para que eu xa non sexa necesario, e que o demiúrgo só agarda pola miña última orde, as últimas tres palabras. O meu tempo acaba. O tempo do ser humano toca á súa fin, e coa mesma serenidade que todo último membro dunha especie desapareceu no pasado, eu farei o propio pola miña e despedireime do mundo. Mais hoxe non. Onte despedinme dos meus. Recitei en voz alta os meus poemas favoritos, volvín ler as pasaxes predilectas de Teresa a Derradeira e os máis intensos parágrafos do proxenitor Abson, cuxos argumentos reapareceron na segunda década do Segundo Gran concilio Hermenéutico. Mais tiña que despedirme do ser humano, do que apenas eu son o último representante. De quen? Dos primoxénitos, dos que se supón que son o último descendente e a través deles de toda a humanidade? Dos seres humanos anteriores á hamartia? Dos que se chamaron a si mesmos reis e emperadores e permaneceron na memoria dos seus pobos con retratos e estatuas que xa non existen e só eu lembro?

—Amas a proxenie, fillo?

—Amo a proxenie. Sen medida.

O amor pola proxenie, lembro, non é para nós os proxenitores apenas o amor por estes os nosos custodiados, os últimos representantes da proxenie, os últimos fillos do home, fillos da humanidade e da hamartia, de cando o ser humano errou o tiro e se desviou do camiño. Ninguén foi culpábel, ninguén quixo que tal cousa acontecese, ninguén foi capaz de o prever e cando xa se instalara o erro xa ninguén soubo como abordalo. Nós herdamos a sociedade daqueles que nos precederon, os primeiros proxenitores, e eles dos primoxénitos e da *hybris*, o exceso e o orgullo que desencadeara a hamartia da que eles xurdiron, o resultado de moitas das esperanzas e anhelos do vello ser humano.

Ano tras ano, e xa foron incontábeis como as areas da praia ou as estrelas do ceo, comprendín máis profundamente o proxenitor Abson e as súas pregarias todas as noites de xeonllos no seu cuarto, implorando perdón á humanidade, pedindo clemencia a unha proxenie que xa non tiña conciencia de pecado ou do que é o perdón. E en min, e só en min, recae a responsabilidade do plan ideado polo Padre Venan, e todos os Padres e Madres antes ca el, que continuaron desenvolvendo as implicacións finais do Primeiro Concilio. Entregáronme toda a responsabilidade e eu acepteina, mais entregáronme tamén todo o poder. Puiden, se quixese, pór de novo todo en marcha, educar unha nova xeración de proxenitores, e facela como eu desexase, igual a aquela da que eu nacín ou unha totalmente nova. Tiven tempo abondo para pensalo e cheguei á conclusión de que así está ben, a decisión foi a correcta e todo é como debe ser polo ben da nosa amada proxenie.

Onte, antes de ir durmir, sabendo que ao acordar el apenas viviría na miña memoria, despedinme definitivamente do ser humano. Contemplei imaxes dos que sufriron, dos desesperados, dos aterrorizados polas enfermidades e a dor, dos que non sabían se o seu estómago estaría tan baleiro hoxe como mañá, e igual que o día que lles tocaría morrer, de mulleres chorando entre ruínas fumegantes, ou sostendo nos seus brazos os seus fillos moribundos. As imaxes son arrepiantes e lembralas éncheme de oprobio e congoxa: as dos nenos que desde elas nos miran como se se preguntasen se a súa vida, toda a súa existencia, non tivese máis sentido que sufrir uns poucos anos sen comprender a razón e o obxectivo de todo ese sufrimento infinito que non coñeceu ningunha alegría coa que o compensar, nin máis consolo que a morte e o esquecemento que eu agora lles traio definitivamente.

—Amas a proxenie, fillo?

—Amo a proxenie, Padre.

Amo os que agora me ven facendo algo que para eles é incomprensíbel, sentado á sombra deste pexegueiro, enchendo estas follas con trazos apenas comprensíbeis para min e que supoño que abandonarei alí onde morra para que o demiúrgo as recupere e recicle. Ámoos a eles, a miña doce proxenie, mais amo tamén a todos os que estiveron antes ca eles e recibiron o meu coidado e as miñas caricias de proxenitor. Amo os meus irmáns que foron o resto dos proxenitores e os anteriores que convocaron o Primeiro Concilio. Amo o máis duradeiro e tráxico produto da hamartia, os orgullosos primoxénitos devorados pola súa propia hybris, e a todos os seres humanos que houbo antes que eles, a aqueles que deixaron a súa pegada nos libros e na memoria, e a aqueles que nunca tiveron oportunidade de facelo e só coñeceron o sufrimento e a ausencia de piedade dun universo que nos ignora.

Por último, reservándoo para o final, vin as fotografías e as filmacións de Héctor. O seu foi o último dos monumentos que ordenei destruír, e despois de dar a orde ao demiúrgo non asistín á súa demolición alí onde estivera a cidade natal do pequeno. Vexo as imaxes do parto e dos orgullos pais, tan novos, coa súa descendencia, o seu primeiro nacido. Despois máis imaxes dun neno feliz, as primeiras celebracións dos aniversarios, esa estraña tradición, e as da festividade de fin de ano que, entre outras cosas, celebraba a infancia e a súa inocencia. Poucos anos despois desaparecen as imaxes do neno e son substituídas polas dos pais acosados, o xuízo contra eles dous e o debate mundial que, entón non se sabía, se pode considerar o comezo da hamartia. Despois do xuízo volven aparecer as imaxes de Héctor, acompañado por uns pais cada vez máis vellos, sempre co seu fillo, que nunca chegou a saber ou comprender o que lle fixeran e o que el mesmo significaba. *Puer aeternus*, sempre perfecto, primeiro con eles dous e logo só coa súa nai anciá despois do falecemento do pai. Cando ela tamén morreu, o seu único testamento e petición consistiu nunhas poucas palabras: «Coiden de Héctor».

Despois de que me comunicasen o plan completo do Padre Venan e os seus antecesores, e o meu papel nel, cada vez viña á miña mente con maior frecuencia a imaxe lendaria de Héctor, con quen me identifiquei, a través dese abismo do tempo, como se fose un querido irmán no que se resume todo o drama e a gloria da hamartia que agora remata, pois agora todo será reparado. Pensei nel cando vin morrer o Padre Venan, algo non por esperado menos doloroso, e logo cando vin morrer moitos outros, xeracións enteiras de proxenitores encanto pasaban, unha tras outra, as da amada proxenie. Da última xeración dos proxenitores, todos os seus membros, despedíronse sen coñecer outro Padre ca min, e todos antes de morrer recibiron a miña bendición como eu a súa. *Beatus ille.*

Héctor. Digo o seu nome en alto, mais del apenas resta a súa imaxe e a súa lembranza na miña memoria. Cando eu morra esa lembranza hase extinguir comigo, ninguén haberá que a conserve, e do mesmo xeito, todos eles, os que viviron a gloria e os que probaron a desesperación da vida, será como se nunca existisen. Nin el, nin os xenerais ou conquistadores, nin os millóns de miserábeis que sufriron unha vida sen sentido, nin os pintores, nin os poetas, nin os científicos, nin os pais que viron morrer desesperados os seus fillos, nin os que desencadearon cos seus desexos a hamartia, nin os primoxénitos, nin tampouco os proxenitores. Só ficará a proxenie, os fillos do home, asistindo un día tras outro ao abrente e ao solpor, ao coidado por sempre, mentres o mundo sexa mundo e poida sustentar a vida, do solícito demiúrgo e os seus avatares, que hai moitas xeracións non recibiron instrución ningunha da miña parte, e que poderán solucionar calquera posíbel eventualidade.

Onte, por última vez, volvín falar no meu interior, intimamente, co proxenitor Abson e, como tantas veces, imaxineino no medio do seu cuarto, prostrado ante a humanidade que cría que traizoaran, implorando un perdón a algo que xa morrera e que, en todo caso, os seus descendentes eran indiferentes ás súas súplicas. A través do tempo, en nome da humanidade, como o seu último representante, concedinlle a absolución de todos os que el puidese crer que foron os seus pecados, seus e dos que o precederon, e proclamei que esa absolución sería efectiva no mesmo momento da miña morte. Absolvín a humanidade enteira polas súas accións do pasado, xa que non habería ningunha máis no futuro e como única condición impuxen a extinción da miña vida, a última dun ser humano. A miña morte será o último acto de caridade do ser humano consigo mesmo, con ela todo ficará acabado e perdoado, e non haberá outra cousa que paz, rectitude, sosego e beleza.

Cando o Padre Venan me desvelou por fin o obxectivo último do meu ser, lémbroo como se fose agora, sentinme aterrado e conmovido, aínda que desde o primeiro momento ficou claro que só era miña a elección de aceptar o que se esperaba de min, e se o rexeitaba outro ocuparía o meu lugar. Agora sorrío ao pensar nas miñas dúbidas. Son o primeiro ser humano cuxas accións non poderán ser xulgadas por ninguén, e todos os meus actos serán necesariamente xustos e correctos. Libreime da lembranza das xeracións pasadas, que como unha lousa oprimían a existencia dos vivos. Libreime do nacemento e a morte, e vencín no seu nome a todos os demos que fustrigaban a humanidade. Ante min, apenas se estende o nada que mañá para min comeza. Son o primeiro e único ser humano absolutamente libre.

—Amas a proxenie, fillo?

—Ámoa, Padre. Amo a nosa proxenie.

Amo a proxenie. Amo a proxenie de xeito que todo en min é amor pola proxenie e non houbo para min pensamento nin acción que non se orientase ao seu coidado e permanencia. Ámoa coa mesma determinación, constancia e inevitabilidade coa que o demiúrgo cumpriu a nosa vontade desde que o crearon os primoxénitos.

Talvez, penso, o único que une toda a experiencia humana sexa o amor pola súa proxenie, o desexo de que os propios fillos sexan máis fortes, máis fermosos e sabios ca nós, e a necesidade que sentimos de lles evitar todo mal e todo sufrimento, de facer da súa infinita alegría e felicidade o noso modesto gozo. «Coiden de Héctor.» Todo ese desexo explica os moitos avances e erros da hamartia, desde o seu afastado comezo até agora que termina.

Cae o sol e a proxenie, escoltada polo demiúrgo, reúnese para contemplar como se deita antes de facelo eles para soñar que a vida é un soño e que ao día seguinte haberá un novo espertar tan fermoso como o anterior no que para eles, xeración tras xeración, será unha interminábel idade de ouro ao coidado de bondadosos deuses. Eu non o verei, pois por fin espertarei do pesadelo da vida que foi para todos, eu o último, abrir os ollos cada mañá. Sustentado polo meu caxato, sentindo que a vida se me escapa, doulles as costas, marcho lonxe da proxenie á que non volverei ver e emprendo o meu último camiño, feliz, exultante como o día en que abandonei a miña casa para me converter en proxenitor.

—Amas a proxenie, fillo?

—Si, Padre. Amo a proxenie.

Eu, o último humano, o derradeiro pois son o último en ser consciente de que o é e das obras do ser humano que nos conduciron até aquí, amo os fillos dos homes, a nosa proxenie. Nas antigas mitoloxías, nas antigas relixións, era habitual que os deuses creasen o mundo e os humanos como un puro acto de amor e xenerosidade. Tarde, descubrimos que non había amor ningún nin xenerosidade ningunha no universo alén de aquilo que nos puidésemos conceder a nós mesmos. Tarde, descubrimos que no fondo tampouco sentíamos xenerosidade nin amor sequera por nós mesmos e a nosa proxenie. Por iso desde esta cova que elixín para que sexa o lugar da miña morte, que xa vexo tan preto, escribo estas últimas liñas acompañado unicamente por unha pequena esfera de vixilancia do demiúrgo, que ademais me dá a luz que preciso, e que agarda polo meu falecemento para dar o sinal de que se dispoña dos meus restos e destes papeis cuxo costume de esborranchar adquirín do Padre Venan.

Cando a sinta chegar, heime tender sobre esa lousa, fecharei os ollos e farase xustiza, pois só a que é eterna e definitiva merece ese nome. Antes, como último capricho, permitireime apoiar a man na parede, onde se conserva o último vestixio da nosa pasaxe polo mundo, a pegada dunha man humana impresa hai incontábeis miles de anos, preservada ao longo do tempo, o legado dun afastado antepasado humano que non tiña outro modo de deixar para a posteridade a súa mensaxe: «Eu estiven aquí». Todo canto fixemos resúmese niso, desde a música que nunca volverá soar até os logros dos máis eminentes científicos. Todo dicía «Eu, nós, estivemos aquí». Pousarei a miña man onde estivo a súa, porque eu tamén estiven aquí. Cando eu desapareza o demiúrgo borrará tamén esa impresión milenaria na parede, e mesmo o meu recordo, de todos os seus bancos de memoria. Estivemos aquí, mais apenas ficará o esquecemento do que fomos, e con el ficarán absoltos todos os nosos erros e o noso infinito egoísmo.

Só restará o legado do ser humano, a nosa proxenie, á que coidar e protexer a todo custo. Mesmo se, para iso, tiñamos que desaparecer nós, os seus proxenitores, para que nunca xamais se poida chegar a concibir o debate que conduciu ao Primeiro Concilio Hermenéutico. O demiúrgo non fará máis que continuar mecanicamente a nosa tarefa con total eficiencia, século tras século, milenio tras milenio, era tras era, mentres o mundo sexa mundo e haxa recursos para manter a proxenie. Non hai nada que non fixese un pai por ver felices os seus fillos, nin sacrificio demasiado grande.

Termino xa. Só teño que dar a última instrución ao demiúrgo, que porá todo en marcha e executará as últimas ordes. Fecharei os ollos e direille apenas tres palabras: «Coida de Héctor».

A lousa agarda e sei que ela e a terra á que regreso serán para min liviás, despoxadas do peso de todas as xeracións pasadas que comigo se extinguen. É hora de descansar e sinto que o momento está próximo. Deitareime sobre a fría pedra, vestido coas miñas roupas de proxenitor, e lembrarei o seu último saúdo cando, camiñando co meu caxato, a subir fatigado o outeiro e o rostro cuberto de bágoas, alcancei o cumio para os contemplar por derradeira vez desde alí, iluminados, apartados de todo mal, e eles víronme desde abaixo, a miña figura incendiada polo disco solar, que por derradeira vez para min se oculta. Alcei o caxato sobre a miña cabeza como despedida, e eles, como tantas outras veces ao verme, corearon a gritos o meu nome:

—Elohim! Elohim! Elohim!

Mery, ultimando o seu pedido deste ano para o Apalpador

María Montes Sueiro ten unha marca de nacemento (ou «de nadal» como ela lle chamaba de pequena) da cor do viño tinto na perna dereita. Durante os anos en que se esqueceu de que lle gustaba debuxar aprendeu de memoria a *Motacilla alba*, o *Brachipodium distachium* e o ciclo de Krebs na facultade de Bioloxía de Santiago de Compostela. Gustoulle tanto a carreira, que fixo ademais un máster en Biotecnoloxía.

Entrementres, aprendeu a servir cafés, a diferenciar melóns macho de melóns femia e a amasar pan.

Despois dun ano perseguindo auroras, trolls e baleas en Islandia (onde expuxo unha pequena colección de acuarelas «Möndollur» (*Hitt Húsid*, 2014), matriculouse en Ilustración na Escola de Arte e Superior de Deseño Pablo Picasso (A Coruña) para lembrarse de debuxar, onde titulou en xuño de 2016. Gústalle cantar no coche, quedar durmida en menos de dez segundos e esquecer os finais das películas.

Frankenstein oficial
DIRECTO
625
mery_w.shelley uniuse
igor_xorobado uniuse
igor_xorobado
Coidado con ese cerebro!!
mery_w.shelley
Criaturas...<3
Comentario

Andrea na súa (non era sen tempo) graduación en Hogwarts

Para que se saiba, eu son afoghacristos! (por máis sinais de Carril) e iso imprime carácter. Con 12 anos escribín un poema no que usaba a palabra «hirsuto», a profe de lingua decidiu que non era un termo apropiado para min e esixiu saber quen escribira aquel poema meu; foi a primeira de moitas frustracións. Así que levo camuflando poemas en canta antoloxía que se me pon a tiro; de cando en vez dáme unha arroutada narrativa e fago algún relatiño que, se me deixan, endoso en colectivas. Entre poema e relato, a verdade é que o que máis fago é fotografar para ilustrar os meus poemas que logo colgo nun blog, que debo ler eu soa, (https://poemarioefimero.wordpress.com/) ou mesmo nunha páxina de Facebook que todo o mundo cre que serve para facer conxuros e feitizos (https://www.facebook.com/conjurosdepapel/).

E así, nin conxuros, nin literatura, nin farrapos de ghaita... O malo é que son inmune ao desalento e escribo cousas que vou perdendo por todas as partes e que non le ninguén.

Delirium

por

Andrea Fernández Maneiro

–Dádeme O lume! –berrou o medio home
e alguén meteulle na boca unha cabicha nova,
a primeira cabicha,
a cabicha creadora da que saíron, a moreas,
unha santa compaña de sombras chinesas
o fume de meiga queimada...
tanta creación destruída
polo lume dunha cabicha!
polo ferro fundido da carraxe divina!

O fígado, Prometeo!
o fígado devorado polo alcol!

Fuxiron as gaivotas
abriuse un buraco de plumas no ceo,
daquela o cotío era unha terraza de bar para dous,
e o mundo deambulaba con fachos nas mans
sen queimarse,
se cadra só para caltrir feridas
ou necrolóxicas de vivos,

necrolóxicas de ámbolos dous
–famento e alimento–.

O fígado, Prometeo!
o fígado devorado polo alcol!

Era o reloxo ...
escorría pola pedra,
nun caldo de bechos e segundos;
o voitre fuxía do manicomio
ferido polo menú do nutricionista,
–delirium tremens alado–;
e Prometeo, furando nas entrañas
dun vaso baleiro,
mergullouse para sempre
no circulo vicioso da automutilación
–Wallapop: véndese fígado de segunda man–

O fígado, Prometeo!
o fígado devorado polo alcol!

Unha imaxe vale máis que mil palabras? (Jonathan descúbrese como a man detrás de "La Vaca que Ríe")

Finais de Outono I e II

por

Jonathan Costas

I

Os ollos de nós, vaidosos
fican e convulsionan
fronte a unha imaxe que só oen,
máis alá
do espectro e das cores;
pois escóitase negro e devagar
o valse siciliano dos seus pulmóns podres.
É tan só o réquiem do teu silencio
capaz de berrar máis alto ca ela
a través das pupilas afogadas
de quen te sentiu calar.
Hai algo máis afastado?
Si, pode haber vitoria
na nosa rendición imposta,
gañando a gargalladas
fronte a un sorriso sen beizos.
Collede unha arte como arma,

que trema o Universo
cos timbais dos nosos ósos
e á Morte non lle quede máis remedio
que escoitarnos.

II

Érguese
coa mirada desafiando
as nubes
e a chuvia,
clamando,
coa alma na lingua,
gloria
ou morte,
cun berro
tan pétreo
que racha
case fixos conceptos
coma tempo
e espazo.
Pois deles estiveron
sempre feitos
os ósos
dos seus
e os nosos
inimigos.

O instante anterior a que Miguel Ángel atopase a néboa-que-dá-a-volta-á-xente

Quen é Miguel Ángel?

É unha persoa que viste barba e zapatillas de deporte. Quizais isto se deba a que sempre anda a correr dunha idea a outra. Non ten tempo para afeitarse e as zapatillas son moito moi cómodas cando falamos de percorrer as enormes distancias que separan os mundos que imaxina. Ten por costume levar unha pedra no abrigo que agarima coa man para non saír voando dos sitios.

Engadir que é un soñador que non soña. Vive un soño!

Epitafio dun Deus

por

Miguel Ángel Alonso Diz

Decidimos ser Deuses,
dende o barro ás estrelas.

Imaxinamos o futuro
e con só facelo,
sabiamos que era posible.

Construímos máquinas
que nos transportasen,
que nos coidasen, que nos substituísen.

Erguemos a voz e fomos o eco da primeira partícula
que tomou consciencia.

Elevámonos por riba de nós mesmos
e deixamos de ser carne.

Fomos os únicos responsables da nosa morte.

Quen escribe é o derradeiro.
Despois de tantas loitas e miserias.
Despois de tantas palabras...

Somos Deuses, responsables da vida
e da morte.
A nosa
(e de tantas outras especies...)

Agora que todo remata para todos,
só podo preguntarme ante o infindo valor que posúe
a bágoa que esvara pola miña meixela,

Pagou a pena ser un Deus?

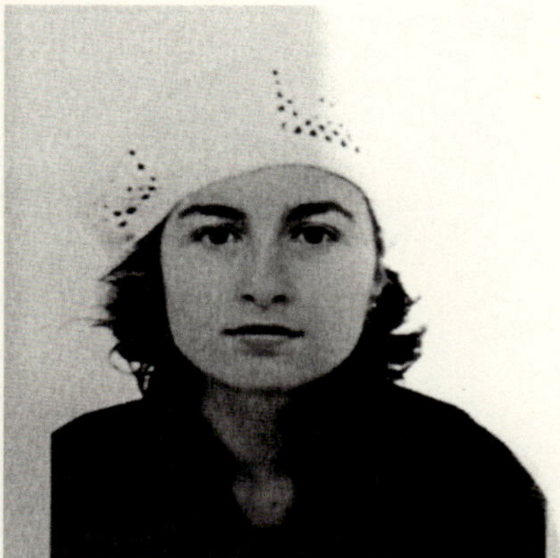

A foto dunha foto dunha foto dunha foto carné que Laura Rey lle fixo a unha foto súa

Laura Rey Pasandín (A Coruña, 1980) técnica superior en Integración Social, educadora social e psicopedagoga. Traballa no eido da educación como coidadora nun colexio público da Coruña.

Publica a súa primeira novela, *As Mans da Terra*, en decembro do 2016.

Gañou o certame de poesía da biblioteca Pública da Coruña Miguel González Garcés no ano 2016 co poema «Dime ti».

Metamorfose da Memoria

por

Laura Rey Pasandín

Baixo o cúmulo de po
que desprenden os propios ósos
os ollos non ven.

Cando as arañeiras visten os corpos,
quen pode non crer na insensata morte?
Se os ollos xa non ven.

As cunetas estréitanse,
esbirrando fóra os corpos en po,
espallándose coma os dentes de león.

Os ollos non ven
Mais as conciencias dispérsanse,
mergullándose nas cabezas asasinas
arrebatando o sosego
Engulidos pola terra invisible.
Alumeando como lanternas
luces e lamentos de outro tempo,
rachando o muro do espazo,

do tempo, da vista
E devolvendo a vida
Aos anacos ciscados dos corpos desfeitos
nunha metamorfose da memoria.

O po das pantasmas esquecidas
non teme as restras de allos
que penduran nas cabeceiras,
nesta cidade do ollo de luz.

O ollo de luz
aluméanos uns segundos
e prosegue co seu xiro.
O po suspendido no feixe de luz
mesturase coas forzas guerreiras
que xacen aos pé da torre,
cobra vida ao espetarse como estaca,
nas tripas dos afectados da desmemoria.
E arríncalles a oxitocina
a posibilidade de gozar
dotando só do poder da sensibilidade,
para sentir o pasado, hoxe.

Cando os ollos non ven ,
na cidade escura,
hai un ollo de luz,
a ciclope de pedra,
que coida o mar
e chisca o ollo ao cemiterio,
matando a escuridade
e inmortalizando o recordo.

O Po métese nas pupilas
E devoran os seus propios ollos
Cando a través do espello
A terra lles devolve aos seus mortos.

Última foto de Lúa antes da súa operación para lle extirpar a cabeza de can

Como podedes apreciar na foto, son un ente bicéfalo. Supoño que por iso non sei se me gusta máis pintar ou escribir. Nalgún momento as poesías foron xurdindo das imaxes e convertéronse nunha historia, a historia que contaban as miñas pinturas, así que se pode dicir que os meus cadros son un poema e os meus poemas un cadro. «Simbiose» é unha parte dese poemario ilustrado de fantasía onírica: *Naturaenigmata.* Unha viaxe que trata de descubrir algo que xa esquecemos, as mensaxes ocultas na natureza, perdidas entre senlleiras de fragas ancestrais e murmurios de augas cristalinas. Unha viaxe baixo a maxia da luz da lúa, á espera de que algún día vexa a luz (do sol). Tamén son Dra. en Bioloxía, profe e vegana, por iso as miñas musas son sempre peludas criaturas de grandes orellas.

En Contos estraños atoparedes os meus «bestasellers»: «O Ciclo» (*volume 5, Verbas de Atenea*), un relato pertencente ao famoso xénero agroterror, no que a protagonista descobre que o único xeito de romper o ciclo é enfrontarse á realidade que se esconde tras o seu terror infantil... Aproveito para agradecer ao programa «O Sombreiro de Merlín» de Radio Obradoiro, que hai uns anos escollesen un fragmento para unha emotiva interpretación musicada. Seguindo coa miña modesta traxectoria: «Claviceps purpurea» (*volume Segunda Era*), narra en clave humorística certos feitos acontecidos e desacontecidos tras un envelenamento masivo cun fungo moi coñecido no rural galego, chamado tamén «mal do pan» (entre outros nomes). Segundo algúns autores a posíbel explicación de moitas das terroríficas aparicións da Santa Compaña e de trasgos camiño do muíño, aínda que seguro que non de todas... Por último, ademais dalgunha ilustración, tamén está o microrrelato: «A vella escola», (*volume 6 Lendas de Gallaecia*), cuxa temática non podo desvelar para non facer espoilers. Actualmente estou tentando rematar unha pequena novela xuvenil da que vou adiantando o título: Elefantes encadeados e o lugar onde está ambientada: as descoñecidas selvas de Nepal.

Finalmente, os meus sinceros agradecementos aos editores.

Simbiose
por
Lúa Campos

Os Deuses, fartos dos caprichos dos humanos, decidiron **abandonar** á súa sorte os ciclos que **rexeron** a vida do planeta. A escuridade chega. Unha Meiga emprende viaxe á procura dos feitizos que axuden a sandar as feridas da Terra. Cando xa **non hai** a esperanza, aparece unha alianza inesperada. A Nai Natureza tampouco está disposta a perder as súas criaturas e coa maxia da Lúa nacen tres mensaxeiras dunha nova Era, **mais** a Meiga ten que aprender a usar o seu poder e o caos impera, conseguirá a Terra recuperar os seus ciclos?

I.Caos

A Meiga pensou:
«O ciclo rompeuse.
Desde que nacín, observo que Deuses e Deusas pareceron **esquecer as** súas criaturas.
Ou quizá sexan elas as que xa non se lembran de que algún día foron poderosos.
Máis ca **nós**.

Pero nacín onte e onte xa non existe.
Por iso miro cara a adiante, aínda que pareza cega,
pois só vexo o que ocorreu detrás».

II.Ruínas

A Meiga dubida.
Atrás só quedan **ruínas**, **po** entre pedras espidas,
terra baleira, campos ermos, vidas arrincadas.
Diante está escuro
quizais **o** Nada agarde a súa chegada, quizais só é a noite.

Tras os seus pasos pingas salgadas escorregan, polo bordo dun abismo.
Aínda sente o sabor dunha lenda,
mais nos seus ollos **acibeche**, só hai **tristura**
e un rastro vermello.
Vermello sangue.

Sangue.
Disólvese na neve, derretendo o seu frío.
Fusionando o seu vermello co xeo.
Mentres ao seu carón, agoniza a esperanza.

O Ciclo rompeuse.
Sen lobos**,** a noite perdeu a súa maxia.
Sen gardiáns**,** a fraga agonizou en silencio.
Un raio de Lúa alumea o camiño, **porén**, alá diante só hai un cemiterio.

A Meiga camiña.
Rosas **murchas** vestidas con sedas adornan as tumbas.

III.A Araña e a Rosa

Unha, admirada por todos,
abre os seus pétalos loitando contra o Tempo.
Cando mostre a beleza en todo o esplendor
será cando a morte estea máis preto de acadala.

Outra, oculta a súa presenza no seu pazo de sedas,
tan só lle queda agardar...,
mais a cambio do encerro que provoca a fealdade,
é ela a que decide quen debe morrer.

Os Deuses esquecen,
mais nas entrañas da Terra, unha Nai vela.
Para ela non hai rosas fermosas, **nin** arañas monstruosas,
todas son necesarias, son as súas criaturas.

IV.Metamorfose

«No xardín do amor
hai agora unha capela
que profana a súa herba,
enterrándoa entre sepulcros e lápidas,
que medran onde antes había flores.»
(W. Blake)

O **po** do Tempo ocultou a vidreira da vella capela,
atrapando a luz, roubou a súa alma.
Poutas de escuridade rabuñaron o cristal,
esnaquizándoo en mil anacos, esquecidos no chan.

Un fulgor de súpeto atopou o camiño,
entre os vidros cortados e as sombras malditas,
reflectiuse no chan un raio de Lúa.

Cores esquecidas **xurdiron** de novo,
dos cristais rotos máxicas crisálidas.
Tres Bolboretas de Nai Natureza naceron libres de entre os seus cascallos.
Mensaxeiras dos ciclos dunha nova Era.
Voaron.

V.Tres Bolboretas

A luz estaba **fóra** da igrexa, máis alá da vidreira,
o raio de Lúa marcaba o camiño da liberdade...
Mais a liberdade xa non é un xardín de flores.
Alí só hai un campo de tumbas onde chora a Meiga.

Unhas ás cristalinas rozan as súas meixelas secando as bágoas que escorregan.
A Meiga detén o pranto, enfeitizada pola maxia.
Atrapar a Bolboreta, daralle as respostas?

Corre entre as lápidas rachando as súas roupas
coas espiñas das rosas que adornaron as tumbas.
Pisa cada rosa perseguindo a Bolboreta, **até** quedar sen folgos.

Cando cae rendida, sen máis forzas para perseguila,
crendo que aquel ser era unha **quimera**, máis que un soño,
é a Bolboreta a que se pousa suavemente na súa pel.
Sen pensalo, esmágaa entre os seus dedos, castigándoa polo atrevemento.

Case ao instante arrepentida, abre a súa man, **mais** xa non hai Bolboreta,
só cristais rotos e pingas de sangue, que caen sobre a Rosa,
convertendo de novo en vermella, a súa pel de cartón.

VI.Dúas Bolboretas

Aló no alto unhas poutas se moven, a Araña sae do seu agocho atrapando unha presa.
É a segunda Bolboreta que loita pola súa vida, envolta entre aquelas delicadas sedas.
A súa sorte está botada.
A Meiga aprende:
«Hoxe son Bolboreta, pero onte fun Eiruga, arrastrada pola lama.
Vivo entre as árbores, espertando coas pingas de **xeada** que caen nesta cama de follas.
Nelas reflíctense as miñas ás de arco da vella **como** se fosen eternas, **mais** só son papel mollado, onde as cores se **esborranchan** e se funden no gris.

Nesa mancha aínda seguen as miñas pegadas cravadas no barro, como raíces.
As pegadas que non me deixan voar máis aló da fraga.

Escorrego entre as follas, **mais** só caio.

Onte fun Bolboreta, **mais** hoxe son Eiruga que se arrastra pola lama».

VII.Unha Bolboreta

Ao lonxe a terceira Bolboreta voa.
Voa elevándose máis alá das tumbas, por riba das espiñas das rosas **murchas,**
Escapa das pantasmas que habitan pazos de seda.
Voa **até** as flores que medran salvaxes á beira do río.
Alí póusase nos delicados pétalos, en segredo,
pon mil ovos
e morre.

VIII.O soño da Meiga

A Meiga maldixo a súa sorte.
Nalgún lugar, medra un Talismán.
Nalgún momento o atoparía.

Decidiu sorrir a pesar de que o frío inverno **asexaba**.
Decidiu descansar entre as tumbas abertas e vivir sen temor a que se **fecharan**.
Esa noite por fin os seus ollos descansan.

A Meiga soña:
«Esta noite soñei que era libre,
que a miña vista acadaba horizontes infinitos,
que corría salvaxe por praderías douradas,
gozando da Lúa que se pousa na auga, mentres bebo no río.

Esta noite a herba deslízase sobre a miña pel,
acaríñoa coas mans só un instante,
mais xa non son mans e xa non son pernas.
Son gráciles patas cubertas de pelo que saltan sen medo ao espazo infinito.

Esta noite os campos cheos de cicatrices de edificios e camiños,
curáronse de súpeto.
As herbas medraron sobre as feridas da Terra
e os pobos humanos convertéronse en árbores».

IX.O Bosque-Universo

A Meiga esperta.
Aínda é de noite e só quedan ela e a Lúa no alto daquel outeiro de tumbas.
Mais agora as dúas saben que o musgo recubrirá as pedras curando as feridas.
Un antigo reino rexurdirá de entre as cinzas,
cando os altares humanos se convertan en **ruínas**.

A Meiga xa non busca o Talismán,
agora sabe que se atopa na Terra e é a Terra quen o debe gardar.

Flores de mil cores florecerán no medio das tumbas.
O Bosque-Universo rexurdirá de si mesmo
e xirará.

X.Mil Bolboretas

Os ovos da derradeira Bolboreta sobreviviron.
Das crisálidas naceron mil Bolboretas que voaron cara á liberdade,
porque primeiro foron mil Eirugas que se arrastraron pola lama.

As súas ás gardan un segredo.
Nas súas ás está o peso da eternidade e do momento.
Un Universo poden ser ás das Bolboretas e unha Bolboreta **pode**
pousarse nas ás do Universo.
Simbiose

O Lume Roubado

por

Artemisa Semedo

Deixámonos roubar o lume, unha vez máis.
Nalgún momento, a ansia de poder, de dominio, o ego,
transformou a nosa luz de coñecemento e virtudes.
Unha vez máis, a luz non é a nosa guía,
contaminamos os nosos camiños para impedir os nosos pasos,
fechamos os nosos oídos,
silenciamos as nosas voces, tapamos os nosos ollos con vendas de seda,
somos extremistas da carne,
especialistas en facermos desaparecer outros seres.
Bastante sangue derramado de inocentes rega a nosa Nai Terra,
á que explotamos de tal xeito que os seus peitos secos están e,
aínda que tentemos unha e outra vez succionar, as súas mamilas gretadas e feridas xa non poden máis.
Profanámola, cuspimos sobre ela, condenámola a prostituírse;
somos as bombeiras e bombeiros da nosa propia extinción,
anímicos por alimentar a alma de bacanais e superficialidades.

Pero existen tamén as fillas e fillos de Prometeo,
de grandes sensibilidades, de interiores fortes e valentes,
de sorrisos pintados nos seus rostros,

de voces que non deixan indiferente a ninguén,
que non calan a boca e arriscan as súas vidas pola inxustiza, e loitan
por regresar o lume ao lugar onde lles pertence,
ás nosas entrañas, baixo a pel, nas veas, dentro do peito.
Ardentes de revolución e superación, as súas forzas interiores son
moito máis fortes que a dos nós e cadeas aos que pretenden
atalos.
Si, Titáns foron no pasado, e tolas e tolos chamámolos hoxe.

O sacrificio e ofrenda somos nós mesmos,
para unha morte espiritual e un novo nacemento cara a ese lume do
que perdemos o verdadeiro significado.

Ramiro a piques de se decatar de que algo lle prendeu lume nos pantalóns

Nado na Corunha em 1973, entre outras cousas dedica-se à escrita poética como paixão e motor de conhecimento vital.

Não quer perseguir nada, mais bem deixar que a luz pouse no interior de si e comece a andar em todas as direcções, em pausa imperiosamente necessária para reordenar o mundo, interior e exterior, num ponto de intensidade extrema, ao que aspira a reconhecer como lugar próprio para a vida.

A partir de aí, experimentar, trabalhar à sombra fértil de quem nos precede e entrar no bosque, com a maior desnudez e consciência que nos seja possível.

Esta é a primeira aventura em Contos Estraños, outro caminho aberto, outra luz aquecendo as mãos...

Prometeu

por

Ramiro Torres

As mãos tingem de sol
os escritos silenciados,
reconhecem astros nus
na penumbra do saber:
o corpo está atravessado
por este caminho anterior
às arquitecturas do medo,
habitado de fogo convulso
entre as suas vértebras,
enchido de signos inebriados
e aves deslumbrando a noite.
Aqui dormem os rios da luz,
enquanto o fulgor roubado
desperta o universo ao fluxo
desse céu invisível à morte,
com as máscaras a arder entre
o plenilúnio do conhecimento
em que se restituem os seres
à sua imensidade interior,
abraçados à nascente irrefreada.

Se algunha vez vos puxestes un cornete de papel de aluminio na cabeza coa intención de que non vos lesen a mente, se en ocasións vedes eses estraños círculos cos que estragan as leiras de millo, entón, xente impía, preparádevos para captar os sinais dos...

Visitantes de alén da Lúa

Índice

Limiar
Xosé Duncan 5

Pasado, presente e futuro
Os tres impresentábeis 7

A filla das insectas
Marcos López Concepción 11

Chincha Rabiña
Roberto A. Rodrigues 29

Pantomima
Lois Z. 47

Unha Fantasía
David Botana 55

A dama do corazón negro
Alba Rozas Arceo 63

O nacemento dos deuses
Xurxo Esquío 85

A resurrección de Herminio Espada
Jorge Emilio Bóveda 101

Universos
Xosé Carlos Carracedo Porto.......117

O neno melón
Manuel Ángel Gayoso Peña.......121

As verdades
Violeta González.......143

Eles gritaron o meu nome
Santiago Bergantinhos.......143

Ilustración
Mery Mountain.......173

Delirium
Andrea Fernández Maneiro.......175

Finais e outono I e II
Jonathan Costas.......179

Epitafio dun deus
Miguel Ángel Alonso Diz.......183

Metamorfose da memoria
Laura Rey Pasandín.......187

Simbiose
Lúa Campos.......191

O lume roubado
Artemisa Semedo.......203

Prometeu
Ramiro Torres.......207